Sgwid Beynon

Petai rhywun yn gofyn i Sgwid Beynon 'Beth wyt ti am fod?' byddai'r ateb yn syml.

Doedd Sgwid ddim am fod yn James Bond.

Doedd e ddim am fod yn Indiana Jones.

Doedd e ddim eisiau gweithio i *Stardust Tiles* 'run fath ag Idris ei dad.

Roedd Sgwid am fod yn Bencampwr Snwcer Ieuengaf y Byd. (Roedd e'n 14 oed.)

Peth braf yw breuddwydio.

Petai rhywun yn gofyn i Sgwid Beynon 'Ble cest ti dy enw od?' byddai'r ateb hwnnw'n syml hefyd.

Enw llawn Sgwid oedd Salathiel(!) Gwydion Beynon, ac roedd e wastad yn llofnodi'i enw fel hyn: S.Gwydion Beynon. Dyna sut y dechreuodd ei ffrindiau ei alw'n Sgwydion, ac yna'n Sgwid.

Roedd Sgwid Beynon yn byw gyda'i fam a'i dad, Anita ac Idris, yn Alaw Teilo, 4 Clos Cadwaladr, Pencelyn. Mewn sièd ddeulawr yn yr ardd roedd gan Sgwid stafell snwcer. Sgwidris oedd enw'r sièd, gan fod Sgwid a'i dad yn ei rhannu. Roedd Idris yn cadw'i offer garddio ar y llawr gwaelod, ond Sgwid oedd piau'r llawr cyntaf. I fan'ny roedd ei ffrindiau'n dod i chwarae snwcer.

Stafell i fechgyn yn unig oedd y stafell snwcer. Roedd gan Sgwid ddwy chwaer hŷn. Er bod y ddwy erbyn hyn yn crwydro'r byd, roedd yr arwydd DIM MYNEDIAD I FERCHED yn dal ar y drws. Ond am chwe wythnos, er gwaetha'r arwydd, roedd un ferch wedi llwyddo i gael mynediad i'r stafell. Ei henw oedd Anna Trevena, ac roedd hi'n 17 oed. Am chwe wythnos roedd Anna a Magi, ei mam, wedi rhentu'r tŷ drws nesa i Sgwid, ac am chwe wythnos roedd Anna wedi dod draw bron bob dydd am gêm. Yna, un diwrnod, bythefnos yn ôl, roedd Anna a'i mam wedi diflannu.

Pam?

I ble?

Yn anffodus i Sgwid, fyddai'r atebion i'r cwestiynau hynny ddim yn syml o gwbl.

Sgwid Beynon
a'r Adenydd Angel

gan

Siân Lewis

ARDDEGAU
LEW

Cyhoeddwyd gan y Ganolfan Astudiaethau Addysg, Aberystwyth
(www.caa.aber.ac.uk)

Noddwyd gan Lywodraeth Cynulliad Cymru.

ISBN: 978-1-84521-345-9

Golygwyd gan Delyth Ifan
Llun y clawr gan Anne Lloyd Cooper
Dyluniwyd gan Richard Huw Pritchard
Argraffwyd gan Y Lolfa

1

Ond doedd Sgwid yn poeni dim am atebion, wrth feicio adref i dŷ gwag un prynhawn Iau ar ddiwedd Mehefin. Dim ond un peth oedd yn llenwi'i feddwl. Snwcer!

Y dydd Llun cynt roedd ei fam a'i dad wedi mynd i Lundain am bythefnos, ac wedi ei adael yn nhŷ Mam-gu.

Yn nhŷ Mam-gu! Aaaaaaa!

Roedd e'n bedair ar ddeg oed. Bron yr un oedran â bechgyn oedd yn ymladd yn Afghanistan. Ond oedd ei rieni'n fodlon iddo aros gartre ar ei ben ei hun?

'Bydd Mam-gu'n cael siom,' meddai Mam, pan dorrodd hi'r newydd.

'Na fydd!' protestiodd Sgwid. 'Mae hi allan bob nos.'

'Nawr, Gwydion!' meddai Mam, a chroen ei phen yn troi'n beryglus o goch o dan y gwallt tenau golau. 'Nawr paid â gwneud pethau'n anodd. Ti'n gwbod bod dy dad yn *stressed*. Ti'n gwbod y pwysau sy arno fe.'

"Yyyydwwww," meddai Sgwid gydag ochenaid fawr. Pwysau? Pa bwysau? Oedd Dad yn mynd i chwarae yn ffeinal Pencampwriaeth Snwcer y Byd? Nac oedd. Oedd e hyd yn oed yn mynd i chwarae yn y rownd gyntaf? Nac oedd. Beth oedd Dad yn ei wneud? Gwarchod teils!!!

Ddydd Sadwrn, mewn sioe fawr yn Llundain, byddai *Stardust* yn arddangos eu cyfres ddiweddara o deils. Enw'r gyfres oedd *Angel*

Wings, ac roedd lliw a llun y teils yn gyfrinach fawr, fawr tan ddydd Sadwrn.

'Llai o'r ochneidio 'na, Gwydion,' arthiodd Mam. 'Oni bai bod dy dad yn gweithio i *Stardust Tiles*, fydde gyda ni ddim digon o arian i dalu am y tŷ mawr 'ma sy gyda ni. Fydde gyda ti ddim stafell snwcer a …'

'Ocê, Mam!' meddai Sgwid gan roi ei law dros ei cheg. 'Fe a' i i aros gyda Mam-gu. Iawn?'

'Iawn.' Diflannodd tymer Mam mewn chwinc. 'Dyw hi ddim yn deg i ni ofyn i Mam-gu ddod draw 'ma, ti'n gweld,' meddai'n gymodlon. 'Mae braidd yn *boring* iddi fan hyn gan fod y tŷ drws nesa'n wag, a'r cymdogion eraill allan yn ystod y dydd. Ti'n deall, yn dwyt?'

'Ydw,' meddai Sgwid. Roedd e'n deall yn iawn. Roedd Mam-gu'n grêt, ond os oedd hi'n bôrd yn ei dŷ e, roedd e ganwaith yn fwy bôrd yn ei thŷ hi. Cyfrifiadur primitif. Dim dysgl Sky. Dim lle i ymarfer tennis yn erbyn y wal. Dim cwrs sglefrolio. Dim SNWCER!

Ers tri diwrnod roedd Sgwid yn dioddef o symptomau diffyg-snwcer. Allai e ddim dal rhagor. Dyna pam, yn syth ar ôl ysgol brynhawn Iau, roedd e wedi ffonio Mam-gu i ddweud wrthi ei fod e'n mynd adre am sbel fach i 'gasglu stwff'. Roedd Mam-gu wedi chwerthin.

'Trïa ddod adre erbyn chwech 'te,' meddai. 'Dwi'n dangos sleidiau i'r Clwb Cerdded heno, a dwi am wneud yn siŵr dy fod ti'n cael swper cyn i fi fynd.'

Ar ôl ffonio Mam-gu, neidiodd Sgwid ar ei feic a phedlo â'i ben i lawr i Glos Cadwaladr ym mhen pella'r dre. Ar y ffordd meddyliodd am Anna Trevena. Trueni mawr nad oedd Anna'n dal i fyw drws nesa. Gallai fod wedi gofyn iddi ddod draw am gêm. Doedd dim un o'i ffrindiau'n rhydd, felly Sgwid v Sgwid fyddai hi heno.

Trodd Sgwid i mewn i'r Clos. Gleidiodd drwy gât ei gartref, ar hyd ochr y garej a brecio cyn cyrraedd y patio. Roedd y patio'n rhy grand i'w ddifetha. Ar y llawr roedd *Mood Music*, teils cyntaf ac enwocaf *Stardust Tiles.* Roedd teils *Mood Music* yn newid eu lliw yn ôl y tywydd. Roedden nhw'n las ac yn esmwyth yn yr haul, yn felyn ac yn llon pan fyddai'r tywydd yn niwlog, ac yn lliw oren cynnes pan fyddai'r tywydd yn rhewllyd. Nawr, am fod yr haul yn chwarae mig rhwng y cymylau, roedd y teils yn gymysgedd o las a gwyn, fel tonnau'r môr. Dim ond sêr Hollywood, teuluoedd brenhinol, a phêl-droedwyr cyfoethog oedd yn gallu fforddio prynu *Mood Music.* Roedd gweithwyr *Stardust* yn eu cael am ddim.

Pwysodd Sgwid ei feic yn erbyn y wal, codi ychydig o ddail gwlyb o'r patio ac yna anelu ar ei union am ddrws cefn Sgwidris a'i allwedd yn ei law. Agorodd y drws a thynnu anadl hir. Mmmm! Arogl hyfryd hen drenyrs chwyslyd, sgidiau pêl-droed a sialc. Rhedodd Sgwid i fyny'r grisiau a thynnu anadl hir arall. Am olygfa wych! Roedd llygedyn o haul yn gorwedd ar y bwrdd snwcer. Llithrodd yn araf, araf dros y ffelt gwyrdd, dros driongl twt o beli, a diflannu drwy'r ffenest.

Brasgamodd Sgwid at y ffenest. Ar gadair o'i blaen gorweddai gwasgod a thei-bo. Anna oedd wedi prynu'r dillad iddo yn Oxfam. Du oedd lliw'r tei-bo – roedd hwnnw'n ocê – ond un goch, braidd yn siabi, oedd y wasgod. Serch hynny, y tro cynta iddo'i gwisgo, roedd e wedi curo Joe Jenkins 147-0. Ei henw, byth wedyn, oedd 'Y Wasgod Wyrthiol'. Cododd Sgwid hi o'r gadair a'i rhoi amdano, wedyn sefyll o flaen y ffenest i wisgo'r tei.

Islaw'r ffenest, yr ochr draw i'r clawdd Leylandii tal, roedd gardd drws nesa. Petai Anna yno, fe fyddai wedi gweiddi 'Sgwid-o!' a rhedeg draw fel milgi i gael gêm. Ond roedd y tŷ'n wag, a doedd dim i'w weld ond lawnt anniben. Ar ôl pythefnos o law, roedd y borfa'n rhy hir, a dail a mân frigau'n gorwedd dros y llwybrau a'r pwll dŵr.

Twtiodd Sgwid y tei, wedyn codi'r ciw, lapio'i fraich amdano, ac estyn ym mhoced ei wasgod am y sialc. Roedd y boced yn wag – y sialc wedi disgyn i mewn i'r leinin eto fyth. Newydd ei fachu allan a dechrau'i rwbio ar y ciw oedd Sgwid, pan wibiodd fflach o olau haul heibio'r ffenest.

Trawodd yr haul y pwll dŵr yng ngardd drws nesa. Safodd

Sgwid yn stond a'i lygaid bron â neidio o'i ben. Fel jîni o lamp Aladin, roedd pili-pala wedi codi o'r dŵr.

Pili-pala lliwgar gydag adenydd angel.

2

Erbyn i'r pili-pala ddiflannu, roedd Sgwid wedi gollwng y ciw a'r sialc ac yn llamu i lawr grisiau'r Stafell Snwcer. Rhedodd nerth ei draed i lawr y dreif, a throi i mewn drwy gât drws nesa.

Wrth daranu tua'r ardd gefn, welodd e mo'r llygaid yn ei wylio drwy ffenest ffrynt y tŷ. Rhedodd ar ei union i ganol y lawnt, disgyn ar ei bennau-gliniau yn ymyl y pwll dŵr a syllu ar y cerrig ar ei waelod. Roedd dail yn gorwedd ar wyneb y dŵr a'u cysgodion yn symud dros y cerrig. Wrth i Sgwid eu sgubo i ffwrdd, treiddiodd llygedyn o haul i'r pwll. Ar unwaith dechreuodd rhywbeth tebyg i ddiferyn o inc godi o'r gwaelodion, a phlymiodd Sgwid ei fraich i'r dŵr.

'Pysgota wyt ti?'

Eiliad cyn i'r llais siarad roedd Sgwid wedi gweld siâp dyn yn llithro dros wyneb y dŵr.

'Nage.' Rholiodd Sgwid ar ei eistedd a sbecian ar y dieithryn oedd yn sefyll uwch ei ben. Dyn sgwâr, cyhyrog, gyda gwallt du slic a chroen fel lledr. Dyn oedd yn edrych fel bownsar mewn clwb nos, ond wedi gwisgo fel dyn busnes mewn siwt dywyll, tei streip, crys gwyn. 'Sori.' Cododd Sgwid ar ei draed a gwenu arno'n gam. 'O'n i ddim yn sylweddoli bod neb yn y tŷ. Dwi'n byw drws nesa. Taro i mewn i glirio'r pwll wnes i.' Agorodd ei ddwrn a dangos y ddeilen rhododendron ar gledr ei law. 'Un o'n dail ni,' meddai. 'Wedi chwythu dros y clawdd. Fe ga i wared ohoni nawr.' Camodd yn gyflym at y clawdd Leylandii a gwthio'r ddeilen i'w ganol, wedyn troi a sychu'i law ar ei wasgod.

Roedd y dyn yn ei wylio, a gwên fach graff ar ei wyneb.

'Cymydog da, yn dwyt?' meddai.

'Mam sy'n ffysi,' atebodd Sgwid. 'Dyw hi ddim eisiau i'r lle edrych yn anniben. Mae hi eisiau i'r tŷ gael ei werthu achos dyw hi ddim yn hoffi cael tŷ gwag drws nesa. Ydych chi'n meddwl symud i mewn?'

Ddwedodd y dyn 'run gair, dim ond estyn ei law, rhwbio blaen ei fysedd a nodio'n awgrymog ar Sgwid.

'Be?' meddai Sgwid.

'Be dynnest ti o'r dŵr?'

'Deilen...'

'Be arall?' Pwyntiodd at y wasgod. 'Be roist ti yn dy boced?'

'Dim,' meddai Sgwid yn syn. Trodd ei boced y tu chwith allan a dangos ei bod hi'n wag.

'Wel, wel...' Snwffiodd y dyn, a chwerthin. 'Mae'n ddrwg gen i. Meddwl o'n i wrth dy weld ti'n carlamu ar hyd y dreif fod 'na rywbeth go arbennig wedi ei guddio yn y dŵr. Dwi wedi arfer teithio'r byd, ti'n gweld, ac wedi arfer amau pawb. Ddrwg iawn gen i.' Estynnodd ei law eto – yn gyfeillgar y tro hwn.

'Mae'n iawn.' Ysgydwodd Sgwid y llaw. 'Wela i chi eto falle.'

'Falle wir,' meddai'r dyn. 'Cymer ofal.'

'Siŵr o wneud,' atebodd Sgwid, gan droi am adre a cherdded yn hamddenol i lawr y dreif.

Ond yn syth ar ôl troi i mewn i'w ardd ei hun, fe sleifiodd ar ras i gefn y tŷ. O glawdd trwchus yr ardd gefn daeth sŵn brigau'n symud a bysedd yn chwilota.

Yn chwilota yn yr union fan lle cuddiodd Sgwid y ddeilen.

3

Doedd Sgwid ddim yn ffŵl.

Cyn pen dim roedd e wedi cloi'r Sgwidris, a gafael yn ei feic. Dim amser i dynnu'r wasgod, dim ond beicio'n chwim i dŷ Mam-gu ar hyd y lonydd cefn, gan ofalu bod neb yn ei ddilyn.

Na, doedd e ddim yn ffŵl. Yng ngardd gefn Mam-gu, gollyngodd ei feic, rhoi bollt ar y gât a brysio drwy'r gegin, heb aros i fwytho Sam y ci.

'Hei!' galwodd Mam-gu o'r stafell fyw. 'Rwyt ti'n ôl yn gynnar. Beth yw'r hast?'

'Toiled!' gwaeddodd Sgwid gan anelu am y stafell molchi ar y llofft. Plymiodd drwy'r drws, a'i gau cyn i Sam ruthro i mewn ar ei ôl.

Clôdd Sgwid y drws a chyfri i ugain. Cyfrodd i ugain eto a fflysio'r toiled. Wrth i'r dŵr lifo'n swnllyd, tynnodd Sgwid ei wasgod a gwthio'i fysedd drwy'r twll yng ngwaelod y boced. O leinin y wasgod fe dynnodd allan y peth roedd e wedi 'i godi o'r pwll dŵr.

'Da-rang!' sibrydodd wrth yr wyneb coch, cyffrous yn y drych uwchben y basn molchi. 'Da-rang!' sibrydodd eto, gan syllu ar y triongl o deilsen ar gledr ei law.

Cornel bach o deilsen lliw perl, digon cyffredin yr olwg. Caeodd Sgwid ei ddwrn chwith yn dynn amdani, a chynnau'r golau llachar uwchben y drych. Wedyn fe estynnodd ei ddwrn at y golau a'i agor.

'Aaa!' Anadlodd yn fodlon. Roedd pili-pala lliwgar wedi dianc rhwng ei fysedd, hedfan i'r to a diflannu.

Caeodd Sgwid ei ddwrn a'i agor eto. Sbonciodd pili-pala arall o'r deilsen, a gwibio dros y wal.

Sugnodd Sgwid ei wynt rhwng ei ddannedd a gwthio'r darn teilsen yn ddwfn i boced ei drowsus. O'r boced arall fe dynnodd ei ffôn symudol, a deialu rhif ei dad ar ras.

Dim ateb.

4

Roedd ei dad wedi mynd i Lundain i baratoi at lansiad *Angel Wings* yn sioe fawr SuperNova ddydd Sadwrn, a'i fam wedi mynd gydag e i dawelu'i nerfau.

Roedd Dad yn strach i gyd ac, i fod yn deg â Dad, roedd 'na reswm da dros hynny. Bythefnos yn ôl roedd rheolwr *Stardust Tiles* wedi marw'n sydyn, ac roedd Idris Beynon, y dirprwy reolwr, wedi gorfod cymryd ei le. I wneud pethau'n waeth, roedd Dustin Starr, perchennog y cwmni, yn brysur iawn mewn digwyddiad arall, felly roedd Dad yn gorfod gofalu am y lansiad, ac am y stondin yn Sioe SuperNova, fwy neu lai ar ei ben ei hun.

Serch hynny, doedd Sgwid ddim yn poeni. Allai teils *Stardust* ddim methu. Ddydd Sadwrn byddai pobl gyfoethog o bedwar ban byd yn ciwio am y cyntaf i brynu *Angel Wings*, teils newydd yr anhygoel Dustin Starr.

Roedd Dustin Starr yn mega-seren. Roedd e'n ifanc. Roedd e'n glyfar. Roedd e'n wreiddiol. Roedd e'n wyddonydd heb ei ail. Gallai Dustin Starr fod yn gweithio i NASA. Gallai fod yn gweithio i unrhyw lywodraeth yn y byd. Ond roedd yn well gan Dustin Starr gynllunio teils.

Ond am deils! Yn ogystal â *Mood Music*, roedd Dustin wedi creu *Amoeba Tiles* oedd yn newid eu siâp wrth i chi eu rhoi ar y llawr. A nawr roedd y papurau newydd yn ferw gwyllt wrth geisio dyfalu pa fath o deils oedd *Angel Wings*.

Dim ond pedwar o weithwyr *Stardust Tiles* oedd yn gwybod y gyfrinach fawr. Pedwar o weithwyr *Stardust* – a Sgwid! Roedd y pedwar gweithiwr, oedd yn cynnwys Idris Beynon, wedi arwyddo cytundeb i beidio â dweud wrth neb. A fyddai Sgwid ddim yn breuddwydio dweud gair. Feiddiai e ddim.

Ryw dair wythnos yn ôl, roedd Sgwid wedi digwydd cyrraedd adre'n gynnar o'r ysgol, wedi anelu'n syth am Sgwidris ac, wrth droi cornel y tŷ, wedi clywed ei dad yn sibrwd siarad ar y ffôn wrth glawdd yr ardd gefn.

'Hologram pili-pala?' meddai ei dad. 'Hologram sy'n codi pan fydd y golau'n taro'r deilsen a ..?' Tawodd yn sydyn wrth weld ei fab yn syllu arno.

Waw! meddyliodd Sgwid. Hologram yn codi o'r deilsen. Mae Dad yn siarad am *Angel Wings*! Ond wnaeth e ddim dangos ei fod wedi clywed. Er mor gyfeillgar oedd Dustin Starr, ei gwmni teils oedd y peth pwysicaf yn ei fywyd. Fyddai e ddim chwinc yn rhoi sac i Idris Beynon am siarad am y gyfrinach mewn man mor agored.

A nawr roedd hi'n amlwg fod Dad wedi gwneud rhywbeth gwaeth fyth. Roedd e wedi torri'r rheolau a dod â theilsen adre. Rywsut roedd darn o'r deilsen honno wedi glanio ym mhwll dŵr drws nesa, ac roedd 'na ddyn dierth yn chwilio amdani. Deialodd Sgwid rif ffôn ei dad unwaith eto, ac yna rhif ffôn ei fam.

Dim ateb.

5

Eisteddodd Sgwid yn blwmp ar ymyl y bath a syllu ar y llawr.

'Gwydion!' galwodd ei fam-gu o waelod y grisiau. 'Wyt ti yn y stafell molchi o hyd?'

'Ydw.'

'Rwyt ti'n olreit, wyt ti? 'Sdim bola tost 'da ti?'

'Na.'

'Ti'n siŵr?'

'Dwi'n iawn,' galwodd Sgwid. 'Wir! Fydda i lawr nawr.'

Gwasgodd switsh y gawod i dawelu'i fam-gu, ond wnaeth e ddim camu oddi tani. Deialodd rif ei fam eto.

'The person you have dialled is not available. Please leave...'

Sgyrnygodd Sgwid.

Allai e ddim mentro gadael neges. Stopiodd Sgwid y gawod, a mynd i lawr y grisiau gyda Sam yn sboncio wrth ei sodlau. Safodd yn nrws y gegin.

'Gwydion?' Syllodd Mam-gu ar Sgwid a'i llygaid yn fain. 'Be sy'n bod?'

'Mam-gu,' meddai Sgwid. 'Dwi eisiau mynd i Lundain.'

'Pryd?'

'Nawr.'

Eisteddodd Mam-gu ar y fainc wrth y bwrdd. 'Pam?' gofynnodd.

'Achos alla i ddim cael gafael ar Mam a Dad a ...'

'A?'

Anadlodd Sgwid yn ddwfn. Gwthiodd ei law i'w boced a gafael yn y darn teilsen. Roedd yr haul yn sbecian dros ben cwmwl ac yn llifo drwy'r ffenest gefn. Croesodd Sgwid at y ffenest a thynnu'r llenni gan adael un bwlch bach.

Drwy'r bwlch bach dawnsiai un llygedyn o haul. Edrychodd Sgwid dros ei ysgwydd i wneud yn siŵr fod Mam-gu'n gwylio. Wedyn fe estynnodd ei law at yr haul ac agor ei ddwrn.

'O!' Neidiodd Mam-gu a tharo'i braich yn erbyn y bwrdd.

Roedd pili-pala'n gwibio dros y wal. Pili-pala lliwgar gydag adenydd crwm! Caeodd Sgwid ei ddwrn a'i agor eto. Dawnsiodd pili-pala arall o'i law.

'*Angel Wings?*' sibrydodd Mam-gu.

Nodiodd Sgwid.

'Anhygoel!' meddai Mam-gu, gan ysgwyd ei phen mewn rhyfeddod. 'Mae Dustin yn wirioneddol anhygoel. Ond sut gest ti'r deilsen? O'n i'n meddwl ei bod hi'n gyfrinach.'

'Mae hi.' Caeodd Sgwid ei ddwrn.

'Sut 'te?'

'Ffeindies i hi ym mhwll dŵr drws nesa.'

'Lle'r oedd Magi ac Anna Trevena'n byw?' Gwibiodd fflach o syndod a braw dros wyneb Mam-gu. 'O na! Ti ddim yn meddwl …?'

'Meddwl be?'

'Bod Magi ac Anna wedi dod 'ma i sbïo ar dy dad a dwyn cyfrinach *Angel Wings?*'

'Be?' gwichiodd Sgwid. Doedd e ddim wedi meddwl hynny o gwbl!

'Gallen nhw fod wedi gwneud,' meddai Mam-gu. 'Mae cyfrinach *Angel Wings* yn werth arian mawr.'

Ystyriodd Sgwid. Ddylai e ddweud wrth Mam-gu am y dyn yng ngardd drws nesa? Na. Fe fyddai hi'n dychryn ac yn gwrthod gadael iddo fynd i Lundain.

'Falle mai dyna pam y diflannodd y ddwy mor sydyn,' meddai Mam-gu'n feddylgar.

'Gan bwyll!' protestiodd Sgwid. 'Allwn ni ddim bod yn siŵr.'

'Ti'n iawn.' Cydiodd Mam-gu yn ei fraich. 'Rhaid i ni beidio â gwylltio,' meddai. 'Falle nad oes neb wedi dwyn dim byd. Mae pythefnos ers i Magi ac Anna ddiflannu, yn does? Petaen nhw wedi gwerthu'r gyfrinach i bapur newydd, fe fydden ni wedi clywed erbyn hyn.'

'Bydden,' cytunodd Sgwid, 'ond…'

'Ond be?' mynnodd Mam-gu.

'Ond beth os yw cwmni teils arall wedi cael gafael ar y gyfrinach?' meddai Sgwid. 'A beth os yw'r cwmni hwnnw wedi bod wrthi am chwe wythnos yn cynhyrchu teils tebyg? A beth os byddan nhw'n dangos eu teils nhw yn Sioe SuperNova er mwyn gwneud hwyl am ben Dustin?'

'O, gobeithio ddim!' llefodd Mam-gu. 'Os bydd hynny'n digwydd, bydd dy dad…'

'Bydd Dad yn cael y sac!' Cododd Sgwid ei ên. 'Mam-gu!' meddai. 'Dwi'n mynd i Lundain. Os rho i wybod i Dad, falle bydd e'n gallu trefnu i arddangos *Angel Wings* fory, yn lle aros tan ddydd Sadwrn.'

'Fe ddo i gyda ti,' meddai Mam-gu, gan godi ar ei thraed.

'Allwch chi ddim. Chi'n dangos sleidiau i'r Clwb Cerdded.'

'Aros tan drên chwech y bore.'

'Na,' meddai Sgwid, gan anelu am y grisiau.

'Ffonia dy dad a dy fam gynta 'te. Ffonia nhw nawr.'

Cipiodd Sgwid ei ffôn o'i boced a gwasgu'r rhifau. Pam oedd y ffôn mor ara'? Pam doedd Dad ddim yn ateb? Pam? Cliciodd y ffôn ateb. Daliodd Sgwid y teclyn wrth glust Mam-gu.

'Pam nad adewi di neges?' sibrydodd Mam-gu.

'Na.' Ysgydwodd Sgwid ei ben a deialu rhif ei fam. Dim ateb eto.

'Alla i ddim egluro popeth dros y ffôn,' meddai, 'rhag ofn i Dustin glywed. Mae 'na drên yn mynd am bump. Allwch chi roi reid i fi? Mam-gu!' Roedd e'n gweld oddi wrth wyneb Mam-gu ei bod hi'n trio gweithio allan sut i ganslo'r Clwb Cerdded ac unrhyw apwyntiad arall, trefnu gofal i Sam a chasglu dillad at ei gilydd, a hynny o fewn ugain munud. 'Mam-gu, fe fydda i'n iawn, wir! Mae Mam a Dad yn aros yng ngwesty *Aldebaran*. Dwi wedi mynd lan i gwrdd â nhw fan'ny o'r blaen, os ych chi'n cofio. Fe gymera i dacsi. A dwi'n…'

'Ac rwyt ti'n bedair ar ddeg oed. Ocê.' Yn bymtheg oed, dim ond ychydig o fisoedd yn hŷn nag e, roedd Mam-gu wedi gadael yr ysgol a hedfan i Awstralia ar ei phen ei hun. 'Bydd eisiau arian arnat ti, yn bydd?'

'O!' Roedd Sgwid wedi anghofio am arian.

Chwarddodd Mam-gu. 'Drwy lwc dwi newydd dynnu arian o'r banc. Fe gei di be sy gen i, ac fe gei di'r cerdyn banc hefyd.'

'Diolch.' Cododd Sgwid ei fawd a'i heglu hi i'r llofft. Pum munud yn ddiweddarach, yn ei jîns a'i hwdi, a'i rycsac ar ei gefn roedd e'n eistedd yng nghar Mam-gu, gyda Sam yn llyfu cefn ei wddw.

6

Chwarter awr yn ddiweddarach, ac roedd e'n chwifio'i law ar Mam-gu a Sam wrth i'r trên lusgo'n araf o stesion Pencelyn. Diflannodd y ddau o'i olwg, ond daliodd Sgwid ati i bwyso'i drwyn ar y ffenest a syllu allan. Yn y sedd o'i flaen roedd dwy wraig yn gwneud 'run fath, a chlywodd Sgwid y sibrwd cyffrous wrth i ffatri *Stardust Tiles* ddod i'r golwg dair milltir y tu allan i'r dre. Ar ben y ffatri roedd goleuadau lliwgar yn fflachio enw'r cwmni, ond roedd yr adeilad ei hun yn wyn ac yn lân. Edrychai fel dau iglw mawr, gyda choridor hir yn eu cysylltu.

Roedd hi'n ddiwedd dydd a rhes o geir y gweithwyr yn llifo drwy'r allanfa flaen. Ar y lôn gefn, yr ochr draw i'r ffatri, safai un BMW du. Yn sefyll yn ei ymyl ac yn edrych dros y clawdd roedd dyn mewn siwt dywyll, gyda chroen brown a gwallt slic. Wrth i'r trên fynd heibio, edrychodd y dyn i fyny a gweld Sgwid. Cyn i'r trên fynd rownd y gornel, roedd e wedi neidio'n ôl i sedd y gyrrwr, a'r car yn rifyrsio ac yn anelu ar ras am yr hewl fawr.

Agorodd ceg Sgwid a chau fel ceg pysgodyn. Hwnna oedd y dyn yng ngardd drws nesa. Doedd bosib fod y dyn ar ei ôl e? Doedd bosib ei fod e'n mynd i drio rasio'r trên i'r orsaf nesaf? Wel, allai e ddim! Gafaelodd Sgwid yn ei arddwrn a syllu ar ei oriawr, nes bod ei galon yn tawelu a'r rhifau'n stopio neidio. Na, allai e ddim. Roedd 40 milltir o heolydd prysur, troellog rhwng Pencelyn a'r stesion nesaf. Go brin y byddai unrhyw gar, hyd yn oed McLaren gyda Lewis Hamilton wrth y llyw, yn gallu curo'r trên.

Whiw! Cododd Sgwid ei ên, a gwylio troli fwyd yn tincian tuag ato. Roedd e'n teimlo'n wan fel pluen. Roedd e'n teimlo fel dyn oedd hanner ffordd ar draws yr anialwch, gyda chan milltir o dywod sych i bob cyfeiriad! Cipiodd ddecpunt o'i waled, a phrynu pecyn o frechdanau caws a phicl, dau fflapjac, pecyn o greision, can o ddiod a chwpanaid o siocled poeth. Gwlychodd ei wefusau yn y siocled poeth, codi'r pecyn brechdanau a'i rwygo ar agor fel llew.

Mmmm!

Suddodd Sgwid yn ddyfnach i'w sedd, a chnoi. Uwch ei ben roedd llais dyn yn cyhoeddi enwau'r gorsafoedd rhwng Pencelyn a Birmingham. Roedd Anna wedi byw yn Birmingham cyn dod i Bencelyn. Tybed a oedd hi wedi mynd yn ôl yno? Wrth gnoi drwy'r caws a'r picl, meddyliodd Sgwid am Anna Trevena, ac am Magi, ei mam.

Y dydd Sadwrn ola ym mis Ebrill oedd y tro cynta iddo weld y ddwy. Tŷ ar rent oedd Rhif 5, y tŷ drws nesa i Sgwid ar Glos Cadwaladr. Roedd y tŷ wedi bod yn wag am sbel, ond ar y dydd Sadwrn hwnnw fe welodd Sgwid gar yn troi i mewn i'r dreif. Camodd merch dal, fain gyda gwallt byr, du, a gwraig debyg o ran maint gyda chnwd o wallt tonnog, golau allan o'r car.

Riportiodd Sgwid i'w rieni, ac ar unwaith aeth Mam allan fel milgi i gynnig paned o de. Roedd Mam yn awyddus i wneud ffrindiau, ond chafodd hi fawr o groeso gan Magi Trevena. Gwraig dawel, nerfus oedd Magi. Roedd hi wedi bod yn rhedeg busnes crefftau yn Birmingham, meddai hi, ond wedi cael llond bol o fyw mewn dinas, wedi gwerthu'r busnes a dod i Bencelyn i chwilio am waith. Pan soniodd Dad fod 'na swydd wag yn Adran Farchnata *Stardust Tiles*, fe ddychrynodd Magi a dechrau hel esgusodion. Wnaeth hi ddim cynnig am y swydd yn *Stardust*, a doedd dim sôn ei bod hi wedi cynnig am unrhyw swydd arall chwaith.

Pan ddiflannodd hi mor sydyn, chwe wythnos yn ddiweddarach, roedd Mam wedi dyfalu bod y busnes yn Birmingham wedi methu, a'i bod hi mewn trafferthion ariannol.

'Cuddio fan hyn i osgoi talu'i dyledion oedd hi, siŵr o fod, druan fach,' meddai Mam. 'Siawns bod rhyw ddyn-casglu-dyledion wedi 'i ddarganfod hi, felly mae hi ac Anna wedi gwneud *bunk*. Wedi cymryd y goes.'

Ac wedi cymryd rhywbeth arall hefyd, meddyliodd Sgwid, gan feddwl am Anna.

Roedd Anna'n hollol wahanol i'w mam. Roedd hi'n fywiog. Roedd hi'n hwyl. Ac er nad oedd hi'n dda am chwarae snwcer, roedd hi'n fodlon dysgu a gwrando ar gyngor gwerthfawr Sgwid. Ar y diwrnod y diflannodd Anna, roedd rhywbeth rhyfedd wedi digwydd. Diwrnod ysgol oedd hi, ac ar ddechrau'r prynhawn roedd gan Sgwid wers athletau. Roedd e wedi neidio, rhedeg a thaflu'r ddisgen am awr, wedyn mynd yn ôl i'r gampfa i dynnu'i siorts a'i grys-T chwyslyd, a darganfod – DA-RANG! – fod ei drowsus ysgol a'i grys wedi diflannu. Dim ond ei sanau a'i sgidiau oedd ar ôl. Yn ei ddillad chwaraeon fuodd e am weddill y prynhawn.

Fore drannoeth roedd Mrs Shelley'r brifathrawes wedi taranu o lwyfan y neuadd, a Sgwid wedi llygadu pob bachgen tal, main yn yr ysgol i weld a oedden nhw'n gwisgo'i ddillad. Roedd hi'n amhosib nabod y crys, wrth gwrs, ond roedd y trowsus yn unigryw, gan fod rhwyg yn y ben-glin chwith lle'r oedd e wedi trywanu'i hun â'r ciw snwcer. Ffeindiodd e byth mo'r trowsus chwaith, ond dim ots. Erbyn hynny, roedd 'na ddiflaniad pwysicach ar ei feddwl. Roedd Anna a'i mam wedi mynd.

Er ei fod e ac Anna'n mynd i'r un ysgol, doedd neb wedi cysylltu'r ddau ddigwyddiad. Ond nawr, a'r trên yn prysuro ar hyd y trac, a darn o fflapjac yn llithro'n esmwyth i lawr ei gorn gwddw, dwedodd Sgwid wrtho'i hun: Anna aeth â 'nillad i. Rydyn ni bron yr un taldra. Ac am ryw reswm roedd hi eisiau gwisgo fel bachgen. Pam? Am fod rhywun yn edrych amdani hi a'i mam.

Ac yn dal i edrych.

O-o! Falle mai dyn-casglu-dyledion oedd y dyn yn y siwt ddu, ac nid sbïwr ar ran cwmni teils. Os felly, meddyliodd, a gadael i ddarn o fflapjac doddi yn ei geg... Os felly, doedd dim eisiau i fi ruthro i Lundain.

Ond ta waeth. Gwenodd yn llon. Roedd hi'n rhy hwyr i

droi'n ôl, a doedd Mam a Dad ddim yn debyg o'i yrru adre'n syth bin. Gallai aros tan ddydd Sadwrn a gweld Sioe SuperNova.

Tynnodd Sgwid ei ffôn o'i boced a thecstio'i ffrind Joe. Wrth aros am ateb, ffliciodd drwy'r lluniau ar y ffôn ac aros ar lun Anna'n gwisgo'r wasgod a'r tei-bo ac yn esgus bod yn Ronnie O'Sullivan.

7

Tecstio fuodd Sgwid nes cyrraedd Birmingham. Tecstio fuodd e ar y platfform, ac roedd e'n dal i decstio wrth gamu i mewn i drên Llundain.

Trên llawn. Mynd i eistedd gyda 3 blonden.

Pa mor hen? gofynnodd Joe.

Gwenodd Sgwid ar y tair merch oedd wedi symud eu bagiau o'r ford i wneud lle iddo. Roedd y tair yn edrych tua'r un oedran â Betsan a Non, ei chwiorydd. Roedden nhw hyd yn oed yn gwenu arno'n chwaer-fawraidd, ond ddwedodd e mo hynny wrth Joe. Ta beth, roedd Joe'n mynd i wylio gêm bêl-droed ar y teledu. Doedd gyda fe ddim amser i decstio rhagor.

Yn ei frys roedd Sgwid wedi dod heb iPod, heb gylchgrawn, heb lyfr hyd yn oed. Wrth i'r trên dynnu allan o'r orsaf, doedd dim amdani ond gwrando ar y merched yn siarad eu hiaith dramor. Pa iaith oedd hi? Rwsieg? Pwyleg? Iaith Sgandinafaidd? – a sbecian o gornel ei lygad ar y cylchgrawn ar y ford o'u blaenau. Ar glawr y cylchgrawn, o dan y pennawd *S-tile Guru Sees Red*, roedd llun Dustin Starr.

Gwenodd Sgwid. Un da am wneud sbloet oedd Dustin. Ar y clawr roedd e'n gwisgo'i 'iwnifform' arferol o jîns *designer* du a chrys polo du gyda llewys hir. Ond nid crys polo cyffredin. O na! Ar bob un o'i grysau polo roedd Dustin yn printio patrwm tei. Dustin ei hun oedd yn cynllunio a phrintio'r patrymau, ac at achlysuron pwysig roedd e'n cynllunio patrymau arbennig oedd yn nodi'r digwyddiad. Craffodd Sgwid i weld pa batrwm oedd ar y crys ar glawr y cylchgrawn. Patrwm du a gwyn gyda llun lleuad, bocs du a …

Cododd Sgwid ei ben yn sydyn. Roedd y ferch yn ei ymyl yn siarad ag e.

'Dustin Starr,' meddai gan bwyntio at y llun.

Nodiodd Sgwid.

'Golygus iawn, on'd yw e?' meddai'r ferch yn Saesneg.

'Wel, trawiadol ta beth,' atebodd Sgwid. Pam oedd pawb wastad yn meddwl fod dynion cyfoethog yn olygus? Doedd Dustin ddim yn salw o bell ffordd, ond doedd e ddim yn hardd chwaith. Roedd ganddo wyneb main a chynffon o wallt hir, lliw llygoden. Ond roedd e'n bendant yn drawiadol. Yn y llun roedd e'n neidio drwy sgrin fel rhyw fath o Spiderman du.

'Ti ddim yn hoffi Dustin?' meddai'r ferch gan chwerthin.

'Ydw,' meddai Sgwid. 'Dwi'n ei hoffi'n fawr iawn.'

'Wir?'

'Ydw,' meddai Sgwid. 'Dwi'n ei nabod e'n dda.'

Am rai eiliadau doedd dim sŵn ond da-da-da-dang y trên.

'Mae Dad yn gweithio i *Stardust Tiles*,' meddai Sgwid.

'Wir?' gwichiodd tri llais.

'Wir!'

'Waw!' Syllodd tair merch arno'n geg-agored. Fel'na bydd pobl yn edrych arna i, pan fydda i'n Bencampwr Snwcer y Byd, meddyliodd Sgwid.

'Wyt ti'n mynd i Sioe SuperNova?' gofynnodd y ferch gyferbyn.

'Ydw,' meddai Sgwid.

'A ni. Hei!' Pwysodd y ferch dros y ford a gafael ym mraich Sgwid. 'Mae cystadleuaeth yn y cylchgrawn – *Dyfalwch beth yw cyfrinach Angel Wings*. Os anfonwn ni'r ateb cywir i mewn erbyn pump o'r gloch fory, rydyn ni'n cael cwrdd â Dustin Starr.' Winciodd y ferch arno. 'Dwed wrthon ni beth yw'r gyfrinach.'

'Na!' meddai Sgwid.

'Sori!' Gollyngodd y ferch ei gafael yn ei lawes a syllu arno'n graff. 'Sori,' meddai eto. 'Dwi'n fusneslyd.'

'Hele Trwyn Hir yw hi,' meddai'r ferch nesa ato.

'Hele?' meddai Sgwid.

'Ei henw hi,' atebodd y ferch. 'Liisi ydw i a Reta sy gyferbyn. Rydyn ni'n dod o Estonia.'

'Oeddech chi'n siarad Rwsieg â'ch gilydd?' gofynnodd Sgwid, i droi'r sgwrs.

'Na, iaith Estonia!' protestiodd Reta. 'Nid Rwsieg.' Agorodd y cylchgrawn. Ar y dudalen ganol roedd llun arall o Dustin, a gyferbyn ag e roedd llun Arlywydd Rwsia. 'Hwn sy'n siarad Rwsieg,' meddai Reta, gan bwyntio at yr Arlywydd. 'Hwn fydd yn agor Sioe SuperNova ddydd Sadwrn hefyd. Dyw hi ddim yn deg! Dustin Starr ddylai agor Sioe SuperNova.'

'Ieeee!' meddai'i ffrindiau. 'Mae Dustin Starr yn llawer mwy golygus na hwnna. Dwed y gwir!'

'Ydy,' cytunodd Sgwid ar ôl craffu ar y ddau lun. Ond chwarae teg i Arlywydd Rwsia, roedd e'n cael wythnos galed. Roedd llywodraethau'r byd yn trio hawlio'r olew a'r nwy oedd ganddo yn Siberia, ac roedd yr Arlywydd yn gorfod hedfan o wlad i wlad i'w cadw nhw'n dawel. Yn ôl y cylchgrawn byddai'n cyrraedd Llundain yn gynnar fore Sadwrn, yn cwrdd â'r Prif Weinidog dros frecwast (brecwast!), cyn mynd yn ei flaen i agor Sioe SuperNova, ac yna hedfan i Washington. Felly doedd dim rhyfedd ei fod e'n edrych mor welw, a chysgodion mor ddu o dan ei lygaid.

Roedd Dustin ar y llaw arall yn gwenu fel gât. Doedd hynny ddim yn rhyfeddod chwaith. Fore Sadwrn byddai awyren yr Arlywydd yn glanio ym maes awyr newydd sbon Ludfield ger Llundain, yr awyren gynta erioed i lanio yno. Tua hanner milltir o'r maes roedd adeilad arbennig iawn o'r enw *Friendship*. Ar hyn o bryd roedd sgrin fawr o flaen *Friendship*, ond yn gynnar fore Sadwrn, yn fuan wedi glanio, byddai'r Arlywydd yn agor yr adeilad hwnnw hefyd. Byddai'n gwasgu'r botwm, a'r sgrin fawr yn agor fel consertina i ddatgelu'r teils gwych ar y waliau. Teils *Mood Music*! Roedd Dustin wedi gwerthu gwerth ffortiwn o *Mood Music* i adeiladwyr y maes awyr. Dyna pam oedd Dad yn gorfod trefnu'r lansiad yn Sioe SuperNova. Roedd gan Dustin waith pwysicach yn Ludfield.

A dyna reswm arall pam oedd Dustin yn gwenu fel gât. Ychydig fisoedd yn ôl roedd llywodraeth Rwsia wedi archebu llwyth o *Mood Music*, ac yna canslo'r archeb ar y funud ola, gan honni bod y teils yn rhy ddrud ac yn anaddas ar gyfer adeilad cyhoeddus. Byddai'n rhaid i'r Arlywydd lyncu'i eiriau ddydd Sadwrn!

'Mmm,' meddai Reta. 'Pan fydda i'n gyfoethog, bydda i'n cael teils *Mood Music* yn fy nhŷ i.'

'Ond falle bydd *Angel Wings* yn well,' meddai Liisi. 'Dwi'n hoffi'r enw *Angel Wings*.'

Gwenodd Hele ar Sgwid.

'Beth yw dy enw di?' gofynnodd. 'Dwyt ti ddim wedi dweud wrthon ni eto.'

'Gwydion,' meddai Sgwid. Doedd e byth yn dweud 'Sgwid' wrth ddieithriaid. Roedden nhw wastad yn gofyn 'Pam wyt ti wedi cael dy enwi ar ôl pysgodyn?'– ac roedd hi wastad yn cymryd oes i egluro.

'Widian?'

'Gwydion. Enw Cymraeg.'

'Cymraeg?'

A dyna ni. Wrth i'r awyr ddechrau tywyllu, wrth i oleuadau bach sboncio heibio i'r ffenest, wrth i rai teithwyr gysgu yn y gwres ac i eraill decstio a gwrando ar fiwsig, fe gafodd Sgwid a'i dair ffrind wersi Cymraeg/Estoneg.

Te/*Tee* (Hawdd!)

Coffi/*Kohv*

Ie/*Jah*

Na/*Ei*

Gellygen/*Pirn* (Anodd i'r Estoniaid)

Helô/*Tere*

Sut mae?/*Kuidas sinul laheb?* (Anodd i Sgwid)

Wedyn fe ddangoson nhw eu lluniau ffôn i'w gilydd wrth i'r nos lapio am y trên.

Am ugain munud wedi naw, ychydig cyn cyrraedd Llundain,

ffoniodd Sgwid ei fam-gu. Fe ddylai Mam-gu fod wedi cyrraedd adre erbyn hyn, a – wir – fe godwyd y ffôn bron ar unwaith.

'Helô?'

'Mam-gu?'

'Wyt ti yn Llundain yn baro…Sh, Sam!' Gwenodd Sgwid wrth glywed y cyfarthiad llon.

'Na, ond bron â bod,' meddai.

'Ffonia fi ar ôl cyrraedd 'te. A chofia di gymryd tacsi.'

'Iawn.' Rholiodd Sgwid ei lygaid.

'Ydy dy fam-gu'n poeni?' gofynnodd Hele, wedi iddo ddiffodd y ffôn. 'Mae Mam-gu wastad yn poeni. Mae hi'n anghofio fy oedran i.'

'Eisiau i fi gymryd tacsi oedd hi,' meddai Sgwid, 'er dyw'r *Aldebaran* ddim yn bell o'r orsaf.'

'A! *Aldebaran*,' meddai Reta. 'Enw seren. A seren yw Dustin Starr hefyd. Ydy e'n westy tebyg i'r Ritz?'

'Na.' Chwarddodd Sgwid. 'Ond mae'n eitha cysurus.'

Doedd e ddim eisiau dweud 'cysurus iawn', achos roedd y merched yn aros mewn gwesty llawer rhatach o'r enw *The Happy Voyager*. Roedd Sgwid wedi crwydro'r strydoedd o gwmpas yr *Aldebaran*, felly roedd e'n gwybod yn union ble oedd *The Happy Voyager*. Ar ôl clywed bod y ddau westy'n weddol agos i'w gilydd, fe fynnodd Hele, Liisi a Reta fod Sgwid yn rhannu eu tacsi.

Felly, chwarter awr yn ddiweddarach, fe adawodd Sgwid orsaf Euston yng nghwmni tair o ferched.

A dyna sut y collwyd e gan yrrwr y BMW du oedd yn sefyll y tu allan i'r orsaf. Doedd y gyrrwr ddim wedi disgwyl gweld Sgwid yng nghwmni tair merch. Erbyn iddo sylweddoli, a dal i fyny â'r tacsi, roedd Sgwid wedi taflu £10 at Hele i dalu am ei siâr ac wedi neidio allan o flaen yr *Aldebaran*. Erbyn i'r car du ddod rownd y gornel roedd e wedi diflannu drwy'r drysau. Aeth y car yn ei flaen a dilyn y merched i'r *Happy Voyager*.

8

Ers i'w dad gychwyn gweithio i *Stardust* dair blynedd yn ôl, roedd Sgwid wedi aros sawl gwaith yn yr *Aldebaran*. Roedd awyrgylch tawel a moethus y dderbynfa fel cot gynnes yn lapio amdano. Doedd dim i'w glywed ond sŵn dŵr yn tincian i'r bowlen farmor wrth y ffenest, a sŵn traed yn siffrwd yn ysgafn dros y carpedi trwchus.

Doedd e ddim yn nabod y ferch wrth y ddesg, ac roedd hi'n edrych arno'n wyliadwrus. Yn amlwg doedd hi ddim yn disgwyl i fachgen ysgol gamu mor hyderus tuag ati.

'Dwi wedi dod i gwrdd â'm rhieni,' meddai Sgwid. 'Maen nhw'n aros yma, ond dwi ddim yn siŵr ym mha stafell.'

'Beth yw'r enw?' gofynnodd y ferch.

'Beynon.'

Teipiodd y ferch yr enw i'w chyfrifiadur.

'Sut mae sillafu Beynon?' meddai wedyn.

Cronnodd y diferyn bach lleia' o chwys ar dalcen Sgwid.

'B..e..'

Cyn iddo orffen roedd y ferch yn ysgwyd ei phen.

'Dim Beynon,' meddai wrtho.

'Chi'n siŵr?' mynnodd Sgwid.

'Siŵr.'

Taflodd Sgwid gipolwg i gyfeiriad y lolfa.

'Maen nhw'n arfer aros yn yr *Aldebaran*,' meddai, a'i lais yn swnio'n fain ac ansicr yn nhawelwch y dderbynfa.

'Dydyn nhw ddim yma nawr,' meddai'r ferch, gan syllu i fyw ei lygaid. 'Dim Beynon.'

Edrychodd Sgwid i gyfeiriad y stryd. Roedd hi'n nos y tu allan, bron yn ddeg o'r gloch, a'r palmant yn gymysgwch o wynebau gwynion a chysgodion. 'Wel…' Sythodd ei ysgwyddau. 'Alla i gael stafell sengl, os gwelwch yn dda?' gofynnodd.

'Does dim stafell sbâr,' meddai'r ferch.

Dal i sefyll wrth y ddesg wnaeth Sgwid. Oedd hi'n dweud y gwir? Neu a oedd hi'n amau a allai e dalu? Ac, erbyn meddwl, allai e ddim! Allai e ddim talu gyda cherdyn banc â'r enw Dilys Beynon arno. Allai e ddim hyd yn oed ddangos y cerdyn. Byddai'r ferch yn galw'r heddlu mewn chwinc. Roedd hi eisoes yn edrych i gyfeiriad y swyddfa y tu cefn iddi.

'Iawn. Wel, diolch ta beth,' meddai Sgwid, mor gadarn ag y gallai.

Trodd ar ei sawdl, a cherdded allan. Wrth i'r drws gau y tu ôl iddo, teimlodd bwff bach o wynt yn ei chwythu allan i'r stryd. Trodd i'r dde a gadael i dorf o ddieithriaid ei sgubo ar hyd y palmant.

Ble oedd Mam a Dad? Roedden nhw wastad yn aros yn yr *Aldebaran*. Os oedden nhw'n aros yn rhywle arall, pam na fuasen nhw wedi dweud pan ffonion nhw'n syth ar ôl cyrraedd? Stiwpid! Cipiodd Sgwid ei ffôn o'i boced a chilio i gysgod drws.

'Hoy! Get outa my space!' chwyrnodd dyn blêr, a hercian tuag ato gan lusgo bag du boliog.

Symudodd Sgwid o'i ffordd a deialu rhif ei fam. Croesodd ei fysedd, a gwrando ar y ffôn yn canu.

'The person you have dialled is not available. Please leave a message after the tone.'

'Mam! Ffonia fi'n ôl.'

Diffoddodd Sgwid y ffôn. Roedd y dyn blêr wedi tynnu sach gysgu o'r bag ac yn ei daenu dros garreg y drws.

'What you looking at?' chwyrnodd ar Sgwid.

Edrych i weld a wyt ti'n fy ngwylio i, meddai Sgwid o dan ei wynt. Ciliodd o olwg y dyn, a thynnu cerdyn banc Mam-gu o'i waled.

Allai e ddim mentro mynd i mewn i westy arall heb arian i dalu am ei le. Gyda'r cerdyn yn ei law brysiodd yn ei flaen i lawr y stryd nes gweld dyn a dwy fenyw'n sefyll o flaen twll yn y wal. Roedd e bron â'u cyrraedd, pan drodd un o'r menywod a gwenu. Roedd ei hwyneb yn blastr o bowdwr gwyn, ei cholur yn ddu, ei gwefusau fel dwy falwen dew a'i dannedd yn disgleirio'n afiach rhyngddyn nhw.

Sugnodd Sgwid ei wynt ac arafu. Yn y nos roedd pawb yn edrych mor fygythiol! Wrth iddo arafu, canodd y ffôn yn ei boced. Cipiodd y ffôn allan yn ddiolchgar a throi ei gefn ar y twll yn y wal.

'Ma...'

Daeth tri helô dros y ffôn, a sŵn chwerthin Estonaidd.

'Gwydion?'

Suddodd calon Sgwid.

'Gwydion?'

'O, helô, Hele.'

'Be sy'n bod?' gofynnodd Hele ar unwaith. 'Beth yw'r sŵn 'na? Wyt ti allan ar y stryd? Be sy'n bod? Ble mae dy fam a dad?'

'Ddim yn y gwesty.' Gwnaeth Sgwid ei orau i swnio'n llon a diofal. 'Dwi ar fy ffordd i chwilio am westy arall.'

'Dere i'n gwesty ni,' meddai tri llais Estonaidd ar draws ei gilydd.

'*The Happy Voyager* yw'r enw, os wyt ti'n cofio,' meddai Hele'n gwta. 'Fe ddo i i lawr at y drws. Wela i ti.'

Cliciodd y ffôn.

Petai dwy chwaer Sgwid wedi siarad ag e fel'na, fyddai Sgwid ddim wedi breuddwydio am ufuddhau. Ond heno roedd e'n ddigon balch i redeg fel ci bach. I ffwrdd ag e, gan wibio rownd corneli ac ar hyd y palmentydd, nes troi'r gornel ola' a gweld silwét Hele'n sefyll wrth y drws. Yna fe orfododd ei hun i gymryd anadl ddofn ac i roi gwên fach ar ei wyneb.

''Na gawdel,' chwarddodd Sgwid gan sboncio at ddrws y gwesty. 'Traed moch!'

'Gwydion druan!' meddai Hele, gan afael yn ei fraich a'i dynnu i mewn i'r lobi. Roedd y lobi'n fwrlwm o bobl ifanc. 'Lwcus

ein bod ni wedi ffonio i ddweud dy fod ti wedi rhoi gormod o arian
tacsi i ni, ontife? Dere.'

'Aros.' Sbeciodd Sgwid i gyfeiriad y dderbynfa. 'Faint yw pris
stafell? Bydd raid i fi dynnu arian. Alla i ddim talu gyda cherdyn
banc a…'

'Dim ots.' Yn eu hymyl roedd drws lifft yn agor. Rhoddodd
Hele blwc i'w lawes a chamu i mewn o'i flaen. 'Paid ag edrych mor
syn,' giglodd wrth i'r drws gau. 'Os nad oes arian gyda ti, dim ots.
Rwyt ti'n gwario gormod ta beth. £10 am rannu tacsi. Hy! Dere.
Mae dwy stafell gyda fi, Liisi a Reta. Galli di gael un i ti dy hun heb
dalu.'

'Ond beth amdanoch chi?'

'Byddwn ni'n tair yn rhannu. Ond ddim yn rhannu brecwast.'
Disgleiriodd ei llygaid. 'Dwi, Liisi a Reta yn hoffi brecwast yma. Fe
gei di dalu am dy frecwast dy hun.'

'Iawn.'

Stopiodd y lifft a chamodd Sgwid allan i goridor hir a thawel.
Aeth Hele at ddrws 34 a rhoi cnoc. Yn syth bin agorodd y drws a
daeth wyneb serchog Reta i'r golwg.

'*Tere*, Gwydion,' meddai.

'*Tere*,' atebodd Sgwid.

'Hai! Parti'n barod!' Roedd Liisi wedi rhoi dau gwpan a dau
wydr o'r stafell molchi ar sil y ffenest ac wrthi'n eu llenwi â sudd
oren. Yn eu hymyl roedd pentwr o fisgedi a dau rolyn sosej wedi 'u
torri yn eu hanner. 'Eistedd yn y gadair fan'na,' meddai.

Eisteddodd Sgwid, a thecstio'i fam-gu i ddweud bod popeth
yn iawn. Wedyn, er nad oedd e'n teimlo fel bwyd o gwbl, fe lyncodd
ddarn o rolyn sosej a chegaid o sudd oren i blesio'r merched.

'Sut wyt ti'n mynd i chwilio am dy fam a dy dad nawr?'
gofynnodd Reta.

'Galli di fynd i Neuadd SuperNova,' awgrymodd Liisi.

'Neu i Ludfield at Dustin Starr,' meddai Hele gyda winc.

Gwenodd Sgwid. 'Dwi'n gobeithio y byddan nhw'n ffonio i
ddweud ble maen nhw,' meddai.

Ond roedd y ffôn yn boenus o dawel yn ei boced. Tynhaodd

nerfau Sgwid a chyn bo hir roedd fel petai wal o wydr wedi codi o'i gwmpas. Y tu draw i'r wal symudai'r merched yn araf a niwlog fel pysgod drwy ddŵr brwnt.

Pan gydiodd llaw yn ei fraich, neidiodd Sgwid fel cwningen.

'Hei, rwyt ti bron â chysgu ar dy draed,' meddai Hele, gan wasgu allwedd i'w law. 'Rhif 35 ochr draw.'

'Diolch.' Cododd Sgwid yn drafferthus. 'Fe wna i'ch talu chi'n ôl, pan ga i afael ar Mam a Dad.'

'Tala ni'n ôl drwy'n cyflwyno ni i Dustin Starr,' chwarddodd Reta, gan daflu pecyn o fisgedi ato.

'Nos da,' meddai Sgwid.

Pan ddeffrodd fore trannoeth, allai e ddim cofio tynnu'i ddillad na disgyn i'r gwely.

9

Deffrodd am hanner awr wedi pedwar a'i galon yn curo'n wyllt. Ble oedd e?

Yn Llundain.

Wrth gofio daeth eiliad o ryddhad. Dim ond eiliad. Cipiodd ei ffôn o'r ford ger y gwely. Dim tecst oddi wrth Mam na Dad. A nawr roedd hi'n hanner awr wedi pedwar ar fore Gwener. Llai na diwrnod a hanner cyn i Sioe SuperNova agor. BLE OEDD MAM A DAD?

Gorweddodd Sgwid yn ôl ar y gwely, ond allai e ddim cysgu. Roedd awyr y ddinas yn hymian a goleuadau aflonydd yn gwasgu yn erbyn y llenni. Cododd o'r diwedd, agor bwlch yn y llenni a gadael i'r golau lifo i mewn i'r stafell a glynu wrth ddrych a gwydr.

Ymhen sbel fe gaeodd y llenni eto, ac anelu am y stafell molchi. Cyrliodd bysedd ei draed ar y llawr oer. Teils oedd ar y llawr. Teils gwyn, cyffredin, saff a *boring*. Yn ei fag molchi roedd darn o deilsen go wahanol.

Estynnodd Sgwid am y bag, a hefyd am dywel mawr. Hongianodd y tywel dros ei ben, ac oddi tano, tynnodd y deilsen o'r bag a'i hastudio ar gledr ei law. Yn y cysgod edrychai'r deilsen fel triongl o laeth wedi rhewi.

Caeodd Sgwid ei ddwrn a thaflu'r tywel i'r bath. Cwtsiodd ar y llawr o dan y golau ac agor ei ddwrn. Neidiodd pili-pala o'i law, ac ymestyn yn llinyn lliwgar ar draws y nenfwd.

Caeodd Sgwid ei ddwrn. Diflannodd y pili-pala. Cododd Sgwid ar ei draed, estyn ei ddwrn at y golau, a'i agor eto. Y tro hwn cododd y pili-pala'n araf a chripian fel neidr dros y bwlb fflwrolau. Ar ei ôl cripiodd rhes o lythrennau.

'Y?' meddai Sgwid, a rhwbio'i lygaid.

Erbyn iddo orffen rhwbio roedd y pili-pala a'r llythrennau wedi dianc dros y nenfwd a diflannu. Caeodd Sgwid ei ddwrn, hanner-cau ei lygaid a'u hoelio orau gallai ar y golau. Yna fe ollyngodd y trydydd pili-pala.

Waw!

Am chwarter eiliad, wrth i'r pili-pala syrffio dros y bwlb, roedd e wedi gweld dau air.

Adenydd Angel.

Roedd Dustin Starr wedi rhoi enw Cymraeg – Adenydd Angel – ar y teils! Parch i Dustin Starr!

Sais wedi 'i eni yn y Swistir, a'i fagu yn yr Wcráin, oedd Dustin. Roedd ei dad yn arfer gweithio i'r Cenhedloedd Unedig a'r teulu wedi teithio'r byd. Felly er mai Saesneg oedd ei famiaith, roedd Dustin yn siarad rhibidirês o ieithoedd. Ers sefydlu *Stardust Tiles* yng Nghanolbarth Cymru roedd e wedi dysgu Cymraeg – a'i siarad yn rhugl, wrth gwrs. Serch hynny, Saesneg oedd iaith y cwmni – hyd yma.

'Waw!' meddai Sgwid yn llon. Tybed a fyddai hon yn un o'r syrpreisys fory? Fory falle byddai Dustin yn mynnu siarad dim byd ond Cymraeg yn Sioe SuperNova. Yng nghynhadledd y wasg dim ond gohebwyr *Y Cymro* a *Golwg* a'r sianeli a gorsafoedd radio Cymraeg fyddai'n deall gair. Pawb arall mewn panig llwyr yn chwilio am gyfieithwyr. Roedd Dustin yn ddigon clyfar, enwog a chyfoethog i wneud yn union fel oedd e'n moyn. Chwarddodd Sgwid. Oni bai ei bod hi mor gynnar yn y bore, fe fyddai wedi ffonio Hele a gofyn am fenthyg sbectol haul, er mwyn cael sbec go iawn ar y geiriau, heb y patshys melyn oedd yn morio o flaen ei lygaid.

'Waw!' sibrydodd eto, wrth syllu ar y darn teilsen diniwed ar gledr ei law. Fyddai neb yn ennill y wobr yng nghylchgrawn Liisi, achos fyddai neb byth, byth yn dyfalu cyfrinach *Angel Wings.*

Gyda gwên ar ei wyneb tynnodd Sgwid gap cawod o'r pecyn bach o nwyddau golchi ar silff y stafell molchi. Lapiodd y cap yn ofalus am y darn teilsen, a'i roi'n ôl ym mhoced ei fag molchi.

Wedyn yn ôl ag e i'r gwely a chysgu'n sownd.

10

Canodd ffôn Sgwid am chwarter wedi chwech.

Cododd Sgwid ei ben o'r gobennydd a gwasgu'r botwm ateb cyn deffro'n iawn.

'Gwydion?' Llais Hele.

Agorodd Sgwid ei lygaid led y pen a syllu ar ei oriawr. Chwarter wedi chwech! Agorodd ei lygaid led y pen a syllu eto. Na, doedd e ddim wedi gwneud camgymeriad. Dim ond chwarter wedi chwech oedd hi.

'Y?'

'Gwydion?' meddai Hele eto. Sibrwd oedd hi, er bod ei llais yn swnio'n uchel yn ei glust.

'Ie? Be sy'n bod?'

'Neithiwr, ar ôl i ti fynd i'r gwely, es i a Liisi a Reta i lawr i'r bar.'

'I'r bar?' Roedd Sgwid wedi sylwi ar y tinc pryderus yn ei llais ac wedi codi ar ei eistedd erbyn hyn.

'A daeth dyn aton ni. Gofynnodd e amdanat ti a …'

'Dad?' meddai Sgwid yn floesg.

'Na, na. Nid dy dad,' meddai Hele a'i llais yn cyflymu. 'Rydyn ni wedi gweld llun dy dad ar y ffôn. Does gan dy dad ddim gwallt du, oes e?'

'Na.' Neidiodd Sgwid o'r gwely. 'Oedd y dyn yn gwisgo siwt a chrys gwyn?'

'Oedd.'

'Oedd gyda fe groen brown a gwallt slic?'

'Oedd.'

'Be ddwedodd e?' crawciodd Sgwid, a bachu'i ddillad.

'Gofynnodd e ble oedd y bachgen oedd gyda ni ar y trên, a dwedes i ein bod ni wedi dy adael yn yr *Aldebaran* neithiwr. Wedyn fe aeth e i ffwrdd.'

'O, diolch Hele!'

'Ddim eisiau dweud wrthot ti neithiwr, achos roeddet ti wedi blino.'

'Diolch!'

'Gwydion?'

'Ie?' Baglodd Sgwid dros goesau ei jîns a disgyn yn blwmp ar y gwely.

'Wyt ti mewn trwbwl?' gofynnodd Hele'n ofalus.

'Wel….' Sut oedd ateb? Roedd y dyn wedi 'i ddilyn i Lundain! Wedi 'i ddilyn bob cam o Bencelyn.

'Dwi'n dod draw,' meddai Hele. 'Agor y drws i fi nawr.'

Wrth dynnu ei grys-T dros ei ben clywodd Sgwid wich y drws ar draws y coridor. Agorodd ei ddrws ei hun a chamodd Hele i mewn. Roedd ei hwyneb yn lân, ei gwallt yn wlyb o'r gawod ac roedd hi'n amlwg wedi gwisgo ers meitin.

Roedd hi hefyd yn edrych mor ddifrifol â'i ddwy chwaer pan fydden nhw'n ei rybuddio i fihafio.

Caeodd Hele'r drws, ei gloi a throi tuag ato.

'Gwydion,' meddai. 'Wyt ti wedi dwyn rhywbeth?'

'Fi?' llefodd Sgwid.

'Dyna be ddwedodd y dyn.'

'A be ddwedodd e o'n i wedi ei ddwyn?'

'Rhywbeth gwerthfawr oedd yn perthyn iddo fe?'

'Iddo fe?' snwffiodd Sgwid.

'Gwydion,' siarsiodd Hele. 'Dwed y gwir wrtha i.'

'Dwi ddim wedi dwyn dim byd,' meddai Sgwid. 'Fe sy'n trio dwyn. Gweles i e ddoe yn yr ardd drws nesa i'n tŷ ni. Mae'r tŷ drws nesa'n wag, ac ro'n i wedi mynd i'r ardd i nôl rhywbeth oedd yn perthyn i *Stardust.*'

'A dyna'r peth mae'r dyn eisiau?' meddai Hele.

'Am wn i.'

Dal i syllu arno wnaeth Hele.

'D..darn o deilsen *Angel Wings* yw'r peth,' sibrydodd Sgwid.

'Be?' Cynhyrfodd Hele.

'Darn o deilsen *Angel Wings*.'

'Ond does neb yn cael gweld *Angel Wings* tan fory!' meddai Hele. 'Dim ond ychydig o'r teils sy wedi cael eu cynhyrchu, ac maen nhw'n cael eu cadw mewn lle diogel iawn yn Llundain. Yn ôl y papurau fyddan nhw ddim yn cael eu symud o fan'ny tan awr cyn y lansiad!'

Nodiodd Sgwid.

'Felly sut mae gen ti deilsen?'

'Dwi ddim yn gwbod!' meddai Sgwid. 'Falle bod teilsen wedi torri a bod Dad wedi dod â hi adre. Falle bod darn o deilsen wedi dal yn ei ddillad e. Dwi ddim yn gwbod! Ond fyddai Dad byth yn gwneud dim byd drwg. Byth!'

'Iawn. Gan bwyll.' Rhoddodd Hele'i llaw ar ei fraich. 'Ond beth bynnag sy wedi digwydd, mae rhywun ar ôl y deilsen. Rhywun sy wedi dy ddilyn di bob cam i Lundain. Rhaid i ti ddweud wrth Dustin Starr!'

'Dwi eisiau siarad â Dad gynta.'

'Iawn...'

'Dwi'n mynd i fynd draw i Neuadd SuperNova.' Cydiodd Sgwid yn ei rycsac a'i ffôn.

'Aros!' meddai Hele. 'Alli di ddim cerdded allan o'r gwesty o flaen pawb. Falle bydd y dyn 'na'n disgwyl amdanat ti. Aros!' Cododd y ffôn mewnol, gwasgu rhif y stafell gyferbyn a siarad yn gyflym yn Estoneg. 'Dere,' meddai wedyn. 'Fe helpwn ni ti. Gorffenna bacio.'

Aeth Sgwid i'r stafell molchi a chau'r drws. Toiled, golchi'i wyneb, gafael yn ei fag molchi a thynnu cyllell boced fach allan. Gyda'r gyllell torrodd rai o'r pwythau ar fand ei jîns. Wedyn, a'r tap dŵr yn rhedeg, ysgydwodd y darn teilsen o'r cap cawod a'i wthio i mewn i'r band. Twtiodd y band ac allan ag e. Roedd Hele'n disgwyl amdano gyda'r rycsac yn un llaw ac allwedd y drws yn y llaw arall. Agorodd y drws, sbecian i'r chwith ac i'r dde ac amneidio ar Sgwid. Mewn tri cham croesodd Sgwid i'r stafell gyferbyn.

Roedd Reta'n eistedd ar y gwely, wedi gwisgo, ond yn dal i rwbio'r cwsg o'i llygaid. Ar y llawr roedd pentwr o flancedi lle'r oedd un o'r tair wedi cysgu. Daeth Liisi allan o'r stafell molchi gan ddal i sychu'i dwylo.

'O, sori,' meddai Sgwid. 'Dwi wedi difetha'ch gwyliau chi.'

'Dwyt ti ddim,' meddai Liisi. 'Fe fuodd ein neiniau a'n teidiau'n mentro'u bywydau i amddiffyn Estonia yn erbyn Rwsia.'

'Ac rydyn ni'n fodlon amddiffyn *Stardust Tiles*,' meddai Liisi. 'Falle cawn ni deils yn anrheg wedyn. Iawn?' Gwenodd yn ddireidus.

Roedd Hele'n chwilota yn ei chês.

'Gwydion,' meddai.

Trodd Sgwid a syllu ar yr hwdi pinc oedd gan Hele yn ei llaw.

'Dyma beth ŷn ni'n mynd i'w wneud,' meddai Hele. 'Rwyt ti'n mynd i wisgo'r hwdi pinc ac rwyt ti, Reta a fi'n mynd lawr i'r lle brecwast.'

'Ond rych chi'ch tair yn hoffi'ch brecwast.'

'Aros.' Disgleiriodd llygaid Hele. 'Dwyt ti ddim yn mynd i gael brecwast. Dim ond mynd lawr i'r lle brecwast. A dwyt ti ddim yn mynd â rycsac chwaith, neu bydd pawb yn gweld. Bydd Liisi'n mynd â'r rycsac allan mewn bag plastig mawr.'

'Be?' Cododd gwallt Sgwid ar dop ei ben.

'Paid â phoeni,' meddai Liisi. 'Fe gei di e'n ôl. Rownd y gornel mae lôn fach gul rhwng caffi a siop bwydydd Tsieineaidd. Fe arhosa i amdanat ti fan'ny.'

'Byddi di'n gadael y lle bwyd drwy'r drws sy'n arwain i'r toiledau,' meddai Hele. 'Mae e hefyd yn arwain at allanfa dân. Felly fe fyddi di'n sleifio drwy'r allanfa, ac yn troi i'r dde. Iawn?'

Dim ond syllu arni wnaeth Sgwid. Iawn? Roedd yr holl beth yn swnio'n bananas. Oedd e'n drysu? Oedd e'n breuddwydio?

'Mae'r dyn 'na ar dy ôl di, Gwydion,' meddai Hele'n dawel, a gwthio'r dilledyn pinc i'w law.

'Ocê,' sibrydodd Sgwid. Yna plygodd ei ben a thecstio'i fam.

Mam, ble wyt ti? Wnaeth e ddim tecstio'i dad, rhag ofn. Ofn beth? Doedd e ddim yn siŵr.

11

Roedd y tair merch o Estonia mewn hwyliau ardderchog, ac wedi'u perswadio'u hunain fod eu cynllun i smyglo Sgwid o dan drwyn y 'sbïwr' yn gynllun di-ffael.

I Sgwid roedd e'n ddwl ac yn embaras.

'Rwyt ti'n edrych yn bert mewn pinc.'

'Fel y merched yn *Grease*.'

Ha ha!

Gwaeth fyth oedd gweld ei rycsac yn diflannu i fag mawr Next. Roedd colli'r rycsac fel colli rhan ohono'i hun. Dim ond waled fach denau oedd ganddo i ddangos mai fe oedd S.Gwydion Beynon. A'r ffôn, ond doedd neb wedi ei ffonio na'i decstio ers i Hele ffonio neithiwr.

Edrychodd ar ei oriawr.

'Mae brecwast yn dechrau am saith yma,' meddai Reta.

Nodiodd Sgwid. 12 munud i fynd. Aeth i sefyll wrth y ffenest, a gadael i'r merched barablu yn eu mamiaith. Doedd dim i'w weld ond cefn adeiladau a sgwaryn o awyr uwchben. Ar draws y sgwaryn roedd llwybr mwg awyren yn toddi'n rhes o ddotiau. Gwyliodd Sgwid y dotiau'n diflannu.

'Barod, Gwydion?'

'Ydw.' Un cip arall ar y ffôn ac yna'i diffodd a'i gwthio i'r boced binc. Cynigiodd Hele bâr o sbectol haul iddo.

'O, diolch!' Gwenodd arni'n falch.

'Rhai tsiêp,' meddai Hele. 'Galli di eu cadw nhw. Does dim llawer o haul yn eich gwlad chi, beth bynnag.'

Gwisgodd Sgwid y sbectol o flaen y drych. Crymodd ei ysgwyddau. Yn lle edrych fel merch, roedd e'n edrych fel Sgwid Beynon wedi gwisgo i fyny. Ond fe sythodd Hele'r dilledyn pinc a dweud, 'Nawr 'te, dwi a Reta'n mynd i gerdded un bob ochr i ti. Dwi'n mynd i ddangos tecst i ti ar fy ffôn, ac mae'r tri ohonon ni'n mynd i blygu'n pennau i edrych ar y tecst a sibrwd siarad Estoneg ar yr un pryd. Wel, dwyt ti ddim yn mynd i siarad Estoneg, ond fydd neb yn sylwi ar hynny. Ocê?'

Nodiodd Sgwid, a gwenu fel person oedd yn colli gêm o snwcer o ddeg ffrâm i ddim.

Iyyyyyych!

Am un funud wedi saith o'r gloch safodd Sgwid o flaen drws Stafell 34 gyda Hele a Reta un bob ochr iddo. Agorwyd y drws ac allan â nhw i'r coridor a sibrwd a chwerthin wrth gerdded tuag at y lifft. Yn y lifft roedd eiliad fach i wenu ar ei gilydd, eu bochau'n goch a'u llygaid yn disgleirio'n annaturiol, cyn camu allan i'r dderbynfa ac ail-ddechrau'r perfformiad.

Roedd drws y lle bwyd yn ymyl y lifft. Trodd y tri i mewn, gwau eu ffordd drwy'r byrddau i'r gornel bella ac eistedd i lawr, Sgwid â'i gefn at y drws, Hele gyferbyn a Reta rhwng y ddau.

'Dim sôn am y dyn,' mwmianodd Hele, gan gadw llygad barcud ar y drws. Yna, ar ôl munud neu ddwy, 'Liisi'n gadael nawr.'

Wrth syllu ar y fwydlen, gwrandawodd Sgwid ar sŵn traed a sŵn cadeiriau'n taro yn erbyn byrddau. Pobl ifanc, gan fwyaf, oedd yn aros yn *The Happy Voyager*, pobl oedd yn codi'n gynnar er mwyn dal trên neu awyren. Pobl ar daith.

Yn eistedd wrth fwrdd y tu ôl i Sgwid roedd dyn ifanc tal, main, mewn trowsus du a hwdi llwyd. Allai Sgwid mo'i weld e, ond roedd e'n cadw llygad ar Sgwid. Pan gododd Sgwid ddwy funud yn ddiweddarach a chamu drwy'r drws oedd yn arwain i'r toiledau, fe dynnodd y dyn ifanc becyn o sigaréts o'i boced.

'No smoking allowed, sir. I'm sorry,' meddai'r gweinydd wrtho.

Cododd y dyn ifanc ei ysgwyddau, anelu am y drws ffrynt a cherdded ar ei union i gornel y stryd. O fan'ny fe welodd ffigwr pinc yn dod allan o lôn gefn.

Rhoddodd y dyn ifanc y sigaréts yn ôl yn ei boced heb eu cyffwrdd, a dilyn.

12

Wrth anelu i lawr y stryd, cipedrychodd Sgwid ar ei adlewyrchiad mewn ffenest. Aaaaa! Sgwid pinc! Ryw ddiwrnod – yn fuan, gobeithio – byddai hon yn stori dda i ddweud wrth ei ffrindiau. Os creden nhw fe! Chwarae sbïwyr gyda thair merch o Estonia? Esgus bod yn un ohonyn nhw? Ti'n jocan, Sgwid!

Cododd Sgwid ei drwyn, sbecian dros ei sbectol haul a gweld y caffi a'r siop fwyd Tsieineaidd. Trodd i mewn i lôn fach oedd yn arogli o ddail bresych. Fan'ny, yn ymyl bocs o hen lysiau, roedd Liisi'n disgwyl amdano. Cusanodd Liisi e'n ysgafn ar ei ddwy foch.

'Pob lwc, Gwydion,' meddai, gan dynnu'r rycsac o'r bag Next a'i roi yn ei law. Trïodd Sgwid dynnu'r hwdi pinc a'i roi'n ôl iddi. 'Na, cadwa fe am nawr. Falle gwelwn ni ti yn Sioe SuperNova fory. Dere ag e'n ôl bryd hynny.'

Agorodd Sgwid ei geg i brotestio, ond cododd Liisi ei bys.

'Pob lwc,' meddai eto.

'A brecwast da i ti,' meddai Sgwid.

'Ac i ti.'

Gwenodd Liisi a cherdded i gyfeiriad y gwesty heb edrych yn ôl. Trodd Sgwid a cherdded i'r cyfeiriad arall. O'i amgylch roedd y ddinas wedi hen ddeffro – ceir yn rwmblan, sodlau'n clecian, drysau'n agor, dynion yn brwsio – ond am sbel ar ôl gadael Liisi, fe baniciodd Sgwid a rhuthro'n ei flaen heb weld dim ond y palmant yn dirwyn o dan ei draed. Achubwyd e o'r diwedd gan McDonald's.

Pan welodd e'r arwydd yn disgleirio, plymiodd yn syth drwy'r drws. Yn y toiledau, newidiodd yr hwdi pinc am ei grys chwys ei hun, wedyn mynd at y cownter i archebu têc-awê.

Pan oedd e'n disgwyl i'r bwyd gyrraedd crynodd y ffôn yn ei boced. Neges decst! Cliciodd arni ar ras.

Sut mae pethau erbyn hyn? Mam-gu

Tecstiodd yn ôl a'i fysedd yn dew ac yn drwsgl.

Dim prob. Fe ro i wybod os bydd newydd. Gwyd

Yna â'r cwdyn bwyd yn ei law, allan ag e i'r stryd ac anelu am yr orsaf danddaearol agosaf.

Roedd posteri Sioe SuperNova ym mhob twll a chornel o'r orsaf. Ar y waliau yn ymyl y grisiau symudol. Ar y wal gyferbyn â'r platfform. Ar y trên.

Expo SuperNova
SuperNova Hall
July 2-9
Tube station: SuperNova

Cleciodd trên i stop bron cyn gynted ag i Sgwid gyrraedd y platfform, ac fe'i stwffiodd ei hun i gerbyd oedd yn llawn dop.

Dau stop, newid, a llowcio'i fwyd. Yna newid eto. Erbyn hyn roedd cyfle i eistedd i lawr, edrych ar ei ffôn a darllen y tair neges decst oedd yn disgwyl amdano. Joe, Mam-gu a Hele. Atebodd e bob un. Neges ddoniol i Joe, neges ddiolchgar i Hele. Wrth Mam-gu dwedodd: **Ar y ffordd i'r SuperNova i gwrdd â Dad.** Wedyn fe ddiffoddodd y ffôn, rhag ofn i Mam-gu roi galwad. Allech chi ddim twyllo Mam-gu. Petai hi'n gwybod bod rhyw ddyn ar ei ôl a dim sôn am Mam a Dad, fe fyddai hi ar ei ffordd i Lundain mewn chwinc.

Lapiodd Sgwid ei freichiau am ei rycsac. Heb ei ffôn a heb ei iPod roedd e'n teimlo ar goll. Gyferbyn ag e roedd merch yn gwrando ar ei ffôn clust, gyda golwg lon a bodlon ar ei hwyneb. Wedyn drws nesa iddi roedd gwraig yn darllen papur. Ar y dudalen flaen roedd llun Neuadd SuperNova, neu Spag Hall, fel y'i bedyddiwyd gan y papurau tabloid, gan ei bod yn edrych, medden nhw, fel plataid o *spaghetti bolognese*. Doedd hynny ddim yn deg, ym marn Sgwid. I Sgwid roedd hi'n edrych fel cyfrifiadur wedi'i droi tu chwith allan, a chan mai ei phwrpas oedd dathlu'r datblygiadau diweddara ym myd gwyddoniaeth a thechnoleg, doedd dim o'i le ar hynny. Trueni, serch hynny, ei bod hi wedi cael ei chynllunio bum mlynedd yn ôl, cyn dyddiau *Stardust Tiles*. Mwy na thebyg, petai hi'n cael ei chynllunio heddiw, fe fyddai'n cael cot o *Adenydd Angel*. Waw! Pili-palod yn hedfan dros Lundain. Byddai'n un o Saith Rhyfeddod y Byd.

Cyn cyrraedd gorsaf SuperNova cododd nifer o bobl ar eu traed a mynd i sefyll wrth y drws. Nhw oedd y bobl oedd yn paratoi i arddangos yn y neuadd, siŵr o fod. Allen nhw ddim aros i'r trên stopio. Roedden nhw ar bigau'r drain. Mor *stressed* â Dad.

Arhosodd Sgwid i'r criw ruthro allan cyn camu o'r trên. Wrth i Sgwid gyrraedd pen draw'r platfform, camodd ffigwr main mewn hwdi llwyd o'r cerbyd olaf ond un. Arhosodd nes i Sgwid gyrraedd yr awyr agored, a dechrau dringo'r grisiau ar ei ôl.

Hwn oedd yr eildro i Sgwid ddod i Neuadd SuperNova. Ddwy flynedd yn ôl roedd e a'i fam wedi dod lan ar y nos Wener, wedi cwrdd â Dad yn yr *Aldebaran*, ac wedi dod draw i Sioe SuperNova ar y dydd Sadwrn. Er mai dim ond dwy flwydd oed oedd *Stardust Tiles* bryd hynny, roedd y cwmni eisoes yn enwog o achos *Mood Music*. Yn y sioe honno lansiwyd *Amoeba Tiles*, teils wedi eu gwneud o rwber arbennig oedd yn ystwytho ac yn creu siapiau diddorol wrth i chi eu rhoi ar y llawr. Roedd 'na bob math o beiriannau a dyfeisiadau hynod yn y sioe, ond chafodd neb fwy o sylw na *Stardust Tiles*. Fel 'na bydd hi eleni eto, meddyliodd Sgwid, gan wynto'r awyr.

Safai Neuadd SuperNova yn hen ardal y dociau. O'i chwmpas roedd wal isel, a'r tu draw i'r wal roedd dynion mewn hetiau caled yn symud fel morgrug ar hyd sgerbydau'r adeiladau newydd oedd yn codi ym mhobman. Roedd 'na arogl cynefig yn yr awyr - roedd Sgwid yn cofio'r arogl yn dda ers ei ymweliad cyntaf. Arogl mwd. Arogl cannoedd ar filoedd o blanhigion yn cael eu stwnsio a'u gwasgu ers dechrau'r byd. Peth od fod y neuadd mor newydd, a'r arogl mor hen.

Roedd ugeiniau o bobl yn llifo ar draws yr iard tuag at ddrws ffrynt y neuadd. Safodd Sgwid i'r naill ochr gan obeithio gweld ei rieni, neu un o weithwyr *Stardust*, ond ar ôl pum munud o aros, welodd e neb oedd e'n nabod. Siawns eu bod nhw yn y neuadd yn barod.

Am wddw pob un o'r bobl oedd yn anelu am y drws roedd trwydded. Doedd gan Sgwid ddim trwydded. Ta waeth. Cododd ei rycsac ar ei gefn ac ymuno â'r dorf, gan esgus ei fod e'n cerdded ar draws iard Ysgol Gyfun Pencelyn. Esgus mai Shincs, yr athro addysg gorfforol, oedd yn sefyll wrth y drws. (Roedd y boi wrth y drws yn ddigon tebyg i Shincs gyda'i drwyn bocsiwr ac ysgwyddau cefnwr rygbi.)

'Esgusoda fi.' Pan gyrhaeddodd Sgwid y drws, camodd corff mawr Shincs Marc 2 o'i flaen.

'Sori?'

'Dy drwydded.' Pwyntiodd y dyn at y man gwag am wddw Sgwid.

'Mae 'nhad yn gweithio 'ma a ...'

'Oes gen ti drwydded?'

'Na, ond ...'

'Does neb yn cael dod i mewn heb drwydded. Neb o gwbl. Mae'n ddrwg gen i.' Estynnodd Shincs Marc 2 ei law fawr a symud Sgwid o'r neilltu.

Snwffiodd Sgwid, a gwgu'n flin. Yn ymyl y Shincs roedd llipryn bach tenau oedd hefyd yn cadw llygad barcud ar bawb. Roedd y ddau'n gwisgo crys gwyn llewys cwta gyda bathodyn, trowsus nefi blw, ffôn am y gwregys. Yng nghyntedd yr adeilad roedd rhagor o grysau gwynion yn prowlan. Doedd dim gobaith mynd i mewn.

Snwffiodd Sgwid eto, troi ar ei sawdl, a baglu dros bar o Crocs piws. Menyw tua'r un oed â'i fam oedd perchennog y Crocs. Roedd ganddi fwng o wallt brith, croen fel pêl rygbi, pâr o jîns â'u coesau'n llusgo'r llawr, ac roedd hi newydd ddod allan o'r adeilad.

'Sori,' meddai Sgwid yn swta, a thrio symud o'i ffordd.

'Hei, nid arna i mae'r bai am dy broblemau di,' chwarddodd y wraig. Ar y drwydded am ei gwddw roedd yr enw Elma Holborn. 'Clywes i ti'n dweud dy fod ti'n chwilio am dy dad.'

'Ydw…'

'Wel…' meddai Elma, gan godi'i haeliau. 'Falle galla i roi neges iddo fe, yn galla i?' Heb aros am ateb, trodd ar ei sawdl ac anelu'n hamddenol am y wal isel oedd yn amgylchynu safle SuperNova.

Dilynodd Sgwid wrth ei chwt.

'Pwy yw dy dad?' gofynnodd Elma dros ei hysgwydd, wedi cyrraedd y wal.

'Idris Beynon.'

'I bwy mae e'n gweithio?'

'Mae e'n gweithio i *Stardust*…'

'*Stardust*? O!' Gyda phwff mawr o chwerthin trodd Elma i'w wynebu.

Syllodd Sgwid arni'n syn.

'Lwcus na ddwedest ti'r enw *Stardust* wrth y dyn ar y drws,' meddai Elma, gan dynnu pecyn o sigaréts o'i phoced. 'Byddet ti wedi cael dy arestio yn y fan a'r lle.'

'Pam?' ebychodd Sgwid.

'Pam? Am fod *Stardust* mor paranoid, wrth gwrs! Heb drwydded bydden nhw'n meddwl dy fod ti'n ryw fath o sbïwr.' Chwarddodd eto a chiledrych ar Sgwid. 'Dwyt ti ddim yn perthyn i Dustin Starr, wyt ti?'

'Na.'

'Mynd i ddweud o'n i fod yr hen Dustin yn mynd dros ben llestri gyda'i holl gyfrinachau. *Angel Wings*, wir. Mae e'n dechrau meddwl ei fod e'n oruwchnaturiol.'

'Dyw e ddim,' protestiodd Sgwid. 'Os y'ch chi'n ei nabod e, mae e'n foi serchog iawn. All e ddim help bod yn glyfar.'

'Mor glyfar fel ei fod e'n treulio'i amser yn gwneud teils?' meddai Elma gan godi un ael.

''Sdim byd o'i le ar wneud teils,' meddai Sgwid yn gwta. Yn anffodus, er bod hanner y byd yn addoli Dustin, roedd yr hanner arall yn eiddigeddus. Roedd e'n casáu clywed pobl fel Elma'n lladd ar Dustin, dim ond am ei fod e'n llwyddiannus. 'Yn enwedig y teils mae Dustin yn eu gwneud. Maen nhw'n ffantastig. Mae pawb yn meddwl 'ny. Ac oni bai am Dustin Starr fyddai'r teils 'ma ddim ar gael.'

'A fyddai 'na ddim ots,' snwffiodd Elma'n ddirmygus. 'Petai'r brodyr Wright heb ddyfeisio'r awyren, byddai rhywun wedi gwneud. Petai Alexander Fleming heb ddarganfod penisilin, byddai rhywun arall wedi gwneud. Petai Crick a Watson heb ddarganfod cyfrinach DNA, byddai rhywun wedi gwneud. Roedd y pethau hynny i gyd yn bwysig i'r ddynoliaeth, ond …'

'Ond petai Shakespeare ddim wedi byw, fyddai 'na ddim Hamlet, a byddai'r byd yn dlotach,' torrodd Sgwid ar ei thraws.

'Dwyt ti ddim yn cymharu Angel Wings â Hamlet, gobeithio?' gwawdiodd Elma.

'Na …'

'Fflipin teils ŷn nhw! Dydyn nhw ddim yn mynd i newid y byd.'

'Pam mae gyda chi gymaint o ddiddordeb ynddyn nhw 'te?' heriodd Sgwid. 'Ydych chi'n gweithio i bapur newydd?'

Ysgydwodd Elma Holborn ei phen. 'Na 'dw,' meddai, a thynnu sigarét o'r pecyn. 'Ti'n fodlon?'

'Na 'dw,' meddai Sgwid yn swta.

Chwarddodd Elma Holborn.

'Na, dwi ddim yn newyddiadurwr,' meddai wedyn. 'Dim ond hen berson piwis sy'n gadael i Stardust fynd dan fy nghroen. Dwi'n gweithio i gwmni electroneg, ti'n gweld, ac yn lladd fy hunan yn gwenu'n neis neis ar bobl, ond mae Stardust yn gallu cael cyhoeddusrwydd heb wneud dim. Meddylia! Pawb arall wedi bod wrthi ers misoedd yn cynllunio'u stondinau, a Stardust yn chwerthin am ein pennau ni i gyd gyda'u stondin wag.'

'Gwag?' gwichiodd Sgwid.

'Ie. Gwag.' Gwenodd Elma wrth weld ei wyneb syn. 'Mae 'na rai pethau dwyt ti ddim yn eu gwybod, felly? Mae stondin Stardust yn wag heblaw am ryw lwmpyn gwyn yn y canol. Dim posteri. Dim logos. Dim.'

'Beth am y staff?'

'Staff?

'Staff *Stardust*?'

Cododd Elma'i hysgwyddau. 'Beth amdanyn nhw?'

'Be maen nhw'n wneud?'

'Gorweddian yn eu gwelyau, am wn i.' Pesychodd Elma'n galed. 'Neu'n mwynhau *Full English* mewn rhyw westy crand. Neu …'

'Dydyn nhw ddim yn y neuadd?' meddai Sgwid.

'Na.'

'Dim un ohonyn nhw?'

'Wel, dwi wedi gweld yr Archangel yn fflitian heibio unwaith neu ddwy.'

'Dyw Dustin ddim …'

'…yn angel. Ocê.' Taniodd Elma'i sigarét. Oedd hi wedi anghofio ei fod e wedi gwrthod caniatâd, neu trio pryfocio oedd hi? Cymerodd Sgwid gam i'r chwith, ond crynodd y mwg yn yr awel a'i ddilyn. 'Oedd gen ti neges bwysig i dy dad?'

'Na.' Yr ateb yn rhy siarp. 'Na. Dim ond digwydd bod yn Llundain a tharo i'w weld e.'

'Ti wedi trio'r ffôn? O! Cwestiwn dwl! Wyt, wrth gwrs. Ond mae Dustin mor paranoid, dyw e ddim yn caniatáu ffôn. Ydw i'n iawn?' Ddwedodd Sgwid ddim gair, ac ochneidiodd Elma Holborn. 'Os gwela i unrhyw un o gwbl wrth y stondin, wyt ti am i fi roi neges?'

'Dim ond os gwelwch chi Dad neu Mam. Mae Mam yn helpu hefyd.' Tynnodd Sgwid ei ffôn o'i boced a dangos llun ei rieni iddi.

Pwysodd Elma'i sigarét ar y wal a chymryd y ffôn yn ei llaw. Craffodd yn ofalus ar y llun am ryw hanner munud, a Sgwid yn ei gwylio. Roedd e'n gobeithio – yn GOBEITHIO – y byddai hi'n dweud, O ie, dwi'n cofio gweld y ddau 'ma wrth y stondin, ond wnaeth hi ddim. Dim ond nodio a rhoi'r ffôn yn ôl iddo.

'Ocê, os gwela i nhw, fe ddweda i wrthyn nhw am dy ffonio di. Siawns y gallan nhw wneud hynny. Neu ti'n meddwl bod Dustin wedi cloi ei weithwyr i gyd mewn stafell ac yn gwrthod eu gadael nhw allan tan fory?' Chwarddodd Elma Holborn a chwythu anadl afiach dros Sgwid.

Wnaeth Sgwid ddim chwerthin, dim ond crychu'i wefus.

'Beth yw dy enw di, ta beth?'

'Sg...'

'Sg?'

'Gwydion. Sgwid yw fy llysenw i.'

'Mae Sgwid yn haws.' Chwythodd Elma'r mwg olaf o'i hysgyfaint a gwasgu blaen y sigarét ar sawdl biws oedd ag olion llosgi drosti i gyd. Aeth i ollwng y bonyn i'r bin. 'Iawn 'te, Sgwid,' meddai. 'Wyt ti'n mynd i aros fan hyn?'

'Fe arhosa i am ryw ddeg munud,' meddai Sgwid. 'Wedyn, os na chlywa i ddim byd oddi wrth Mam na Dad, falle a' i am dro lawr i'r *London Eye*, neu i siopa neu rywbeth. Fe fydd y ffôn gen i.'

'Ble ti'n aros?'

'Yn yr *Aldebaran*.' Celwydd noeth.

'Ocê.' Winciodd Elma Holborn, a stwffio'i sigaréts yn ôl i'w phoced.

Eisteddodd Sgwid ar y wal a'i gwylio'n croesi'r iard at ddrws y neuadd. Edrychodd ar ei oriawr. Ugain munud i ddeg. Eistedd am ddeg munud ac yna symud. Ond fyddai e ddim yn mynd i siopa nac yn mynd am dro i'r *London Eye*. Celwydd oedd hynny hefyd.

13

Newydd danio'i ffôn oedd Sgwid, pan ganodd y teclyn. Edrychodd ar y rhif. Mam-gu! Gadawodd i'r ffôn gyrraedd *Voicemail*.

'Gwydion. Rho alwad i fi,' meddai Mam-gu.

'Dim nawr. Plîs Mam-gu, dim nawr,' sibrydodd Sgwid drwy'i ddannedd, gan ddal i eistedd.

Roedd e'n teimlo fel pryfyn ar wal wen. Creadur bach o ran maint ond amlwg i bawb. Roedd llu o bobl yn dal i groesi'r iard, sodlau uchel yn clecian, lleisiau uchel yn parablu, ond fe oedd yr unig un oedd yn eistedd ar wal. Ac roedd pob un o'r parablwyr pwysig, pwysig, yn ei weld o gornel eu llygaid, ac am eiliad yn cael eu taflu oddi ar eu hechel, fel petai gweld dyn yn eistedd i lawr yn sarhad ar eu byd prysur nhw.

Dyna pam oedd Dustin Starr wedi dewis gadael ei stondin bron yn wag, meddyliodd Sgwid. Roedd e'n chwerthin am bennau'r bobl brysur, brysur. Ar yr un pryd roedd e'n glyfrach na nhw. Yng nghanol cymaint o stondinau llawn, stondin wag Dustin oedd yn cael y sylw i gyd. A fory fe gâi fwy o sylw fyth. Fory, heb os, byddai dwsinau o bili-palod yn hedfan o'r lwmpyn gwyn.

Na, nid heb os.

Roedd 'na os.

Roedd 'na ddyn mewn siwt ddu yn chwilio am ddarn o deilsen. Pam? I ddifetha cynlluniau *Stardust*?

Cododd Sgwid ar ei draed. Allai e ddim dal i eistedd ar

y wal yn gwneud dim. Roedd grŵp o bobl yn dod tuag ato, a'u harweinydd yn gweiddi mewn Sbaeneg. Cerddodd Sgwid i'w plith a chael ei gario gyda'r lli.

Roedd y grŵp yn anelu am gefn Neuadd SuperNova, lle'r oedd lorri enfawr o Barcelona'n clecian drwy'r fynedfa, a'r gyrrwr yn gweiddi drwy'r ffenest. Doedd Sbaeneg Sgwid ddim yn ddigon da i ddeall gair. Yn amlwg roedd rhyw greisis, ac am y tro roedd gwylio creisis rhywun arall yn fwy difyr na chanolbwyntio ar ei broblemau ei hunan. Roedd yr arweinydd yn gweiddi, y gyrrwr yn gweiddi, gweddill y cwmni'n snwffian a sibrwd rhwng eu dannedd, un neu ddau'n trio cynnig sylwadau i'r arweinydd a hwnnw ddim yn gwrando.

Fractura? Be oedd hynny? Rhywbeth wedi torri?

Roedd hi'n banig, beth bynnag. Cleciodd y lorri ar draws yr iard gefn a'r Sbaenwyr a Sgwid yn ei dilyn fel gwylanod yn dilyn cwch pysgota. Herciodd i stop o flaen y safle llwytho, a dechrau bacio.

Roedd dau wyliwr yn eu crysau gwyn yn sefyll wrth y safle llwytho. Wrth i'r ddau symud i'r naill ochr, fe ddaeth gwich erchyll a chwyrnu. Roedd y lorri wedi stopio'n stond, ei chefn yn wynebu'r safle llwytho a'r caban yn pwyntio'r ffordd arall.

Chwyrnodd y lorri eto a straffaglu i symud. Chwythodd cwmwl o fwg du o'i phibell ôl. Ciliodd y gwylwyr o'r ffordd gan besychu a thagu, a chiliodd Sgwid gyda nhw. Drwy'r dagrau yn ei lygaid, roedd e wedi gweld drws agored yn arwain o'r safle llwytho i mewn i'r neuadd. Daliodd ei anadl ac mewn dau gam roedd e wedi cerdded drwy'r drws. Dau gam arall ac roedd iasau'n rhedeg i lawr ei gefn. Roedd e'n disgwyl clywed lleisiau'n gweiddi, traed yn rhuthro ar ei ôl ond doedd dim i'w glywed ond sŵn peswch a sŵn y lorri'n dal i chwyrnu. Brysiodd Sgwid i ben pella' coridor llwm, troi'r gornel a gadael i'r peswch ffrwydro o'i ysgyfaint.

Ar unwaith daeth menyw i'r golwg yn nrws swyddfa. 'Dwyt ti ddim wedi mynd â hwnna lan eto?' galwodd, gan bwyntio'i ffôn at focs cardfwrdd oedd yn gorwedd ar y llawr wrth draed Sgwid. 'Cer ag e nawr.'

'Sori.' Plygodd Sgwid a chodi'r bocs yn gyflym. Yn rhy gyflym! Roedd y bocs mor ysgafn fe fuodd bron iawn â landio ar ei gefn. Sadiodd ei hun a brysio heibio'r wraig oedd wedi troi i barablu ar ei ffôn. Ymlaen ag e nes gweld lifft â'i ddrws ar agor. Camodd i mewn a gwasgu botwm y llawr uwchben.

Cyn gynted ag i'r drws gau, fe rwygodd y bocs ar agor i weld beth oedd ynddo. Cwpanau plastig ar gyfer peiriant dŵr. Gyda'r bocs o'i flaen fel tarian, camodd Sgwid o'r lifft i'r cyntedd.

Aeth gwyliwr-crys-gwyn heibio i Sgwid, ond chymerodd e ddim sylw o'r bachgen ifanc a'r bocs yn ei freichiau oedd yn anelu am dair coeden balmwydd ym mhen pella'r cyntedd. O dan y coed palmwydd, roedd peiriant dŵr. Rhoddodd Sgwid y bocs ar y llawr y tu ôl i goeden, tynnu rhes hir o gwpanau allan, rhoi rhai ar ben y peiriant a'r lleill yn ei grombil. Wedyn yn chwim, mor chwim â Ronnie O'Sullivan yn potio'r du, fe wthiodd ei rycsac i'r man gwag yn y bocs.

Clyf-ar! Gwenodd Sgwid yn falch. Roedd e wedi sleifio i mewn i Neuadd SuperNova ac wedi troi ei hun yn weithiwr! Nawr am y neuadd arddangos.

Ar ôl cipolwg craff ar yr arwyddbyst, cododd Sgwid ei focs a cherdded yn ei gysgod at ddrws mawr. Roedd un o'r crysau-gwyn yn sefyll wrth y drws, un tal, main, a'i freichiau'n gam fel rhedwr ar ddechrau ras. Ond pan gerddodd Sgwid heibio, wnaeth e ddim rhedeg, dim ond sefyll yn ei unfan fel robot.

Falle bod y sŵn o'r neuadd arddangos wedi 'i ddrysu, sŵn fel haid enfawr o wylanod. Roedd y neuadd wedi 'i rhannu'n nifer o sgwariau arddangos, ac ym mhob sgwâr roedd pobl yn twtio, yn ffonio, yn panicio, yn tynnu lluniau, yn agor bocsys, yn llusgo sachau, ac yn chwysu chwartiau. Ac yn y canol, ar ynys dawel, roedd stondin *Stardust*.

Stopiodd Sgwid a syllu ar y stondin o bell. O fewn y waliau glas plaen, ar sgwâr o farmor du, safai rhywbeth tebyg i Everest onglog tua thri metr o uchder. Dros yr Everest roedd clogyn, nid o eira, ond o blastig gwyn. Roedd y pigyn ar ben y clogyn yn sownd wrth fachyn oedd yn hongian o'r nenfwd. Fory siawns y byddai'r clogyn yn cael ei gipio i ffwrdd ac yn hedfan i'r to fel angel. Yn ei le byddai degau o bili-palod yn chwyrlïo drwy Neuadd SuperNova.

Dyna'r cynllun beth bynnag. Cnôdd Sgwid ei wefus. Roedd Elma Holborn yn iawn. Doedd 'na ddim sôn am staff *Stardust*, ond bob ochr i'r stondin safai dau warchodwr cyhyrog.

Falle'u bod nhw'n gwybod sut i gael gafael ar Dad. Roedd Sgwid ar ei ffordd tuag atyn nhw, pan glywodd 'Blyb!' uchel. Ar stondin yn ei ymyl roedd madfall blastig fawr yn sefyll ar ei chynffon. Chwythodd y fadfall golofn o ddŵr yn syth i'r awyr, a'i ddal yn ei cheg.

Y tu ôl iddi roedd stondinwr barfog yn glanhau catapwlt enfawr, tebyg i'r catapwlt y byddai milwyr yn ei ddefnyddio yn yr hen amser i ymosod ar gastell. Ar y catapwlt roedd yr enw 'Eco-Gecko'.

'Paid â chael ofn y catapwlt,' meddai'r dyn wrth Sgwid. 'Achub pobl mae hwn, nid eu lladd nhw. Mae'n saethu peli sy'n glanhau'r amgylchfyd. Edrych.' Cododd bêl o'r bocs ar y llawr a'i hestyn i Sgwid. Roedd hi wedi 'i lapio mewn polythen a thua maint pêl griced, ond yn edrych fel un o'r peli roedd chwiorydd Sgwid yn eu defnyddio yn y bath.

'Sut mae'n gweithio?' gofynnodd Sgwid.

'Wrth i ti ei saethu i'r awyr, mae'r got polythen yn agor a'r bêl yn ffrwydro'n ronynnau anweledig sy'n hongian fel llen ysgafn ac yn dal a niwtraleiddio beth bynnag sy'n niweidio'r amgylchfyd. Mwg, nwyon, pelydrau, baw – mae popeth cas ac annaturiol yn cael ei ddal a'i ddifetha yn y llen. Petai tân mewn ffatri, er enghraifft, byddet ti'n saethu'r bêl, a byddai'r llen yn llyncu'r mwg ac yn troi unrhyw faw a chemegion yn llwch diniwed.'

'Waw!' meddai Sgwid.

'Diolch,' meddai'r dyn, gan chwerthin. 'Dwi'n falch fod gen i'r waw-ffactor, 'run fath â *Stardust*. O'n i'n dy weld di'n edrych ar y golofn blastig 'na draw fan'na. Piti fod pobl yn canolbwyntio ar bethau ffug, yn lle meddwl am ryfeddodau'r ddaear sy ar fin diflannu, ontife Eco-Gecko?'

'Blyb!' meddai'r Eco-Gecko.

'Ffôn!' gwichiodd Sgwid. Roedd ei ffôn newydd ganu yn ei boced. Heb aros i ddweud 'hwyl fawr', na rhoi'r bêl yn ôl hyd yn oed, fe blymiodd i lawr eil gyfagos. Rhoddodd y bocs ar y llawr, a chwtsio drosto a'i ffôn wrth ei glust.

'Helo?'

'Sut mae, Gwydion?'

Agorodd ceg Sgwid yn syn.

'Wyt ti'n fy nghlywed i?'

'Ydw…'

Dustin oedd ar y ffôn. Dustin Starr! 'Newydd gael neges oddi wrth dy fam-gu,' meddai Dustin.

'Be?' crawciodd Sgwid, a chochi o'i ben i'w draed.

'Roedd hi wedi ffonio'r ffatri,' meddai'r llais mwyn. 'Dwedodd hi dy fod ti yn Llundain, a doedd hi ddim yn siŵr ble oeddet ti, dim ond dy fod ti wedi dod yma ar sbec i gwrdd â dy fam a dy dad. Wyt ti'n iawn?'

'Ydw, dwi'n iawn,' meddai Sgwid, a'r geiriau'n baglu dros ei gilydd. 'Dwi ddim yn gwbod pam mae Mam-gu'n ffysian. Dwi wedi 'i thecstio hi.'

'A beth am Mam a Dad?'

'Dwi wedi 'u tecstio nhw hefyd.'

'Os wyt ti eisiau cael gafael arnyn nhw, maen nhw yn yr *Aldebaran*.'

'*Aldebaran*?' ebychodd Sgwid.

'Ti'n gyfarwydd â fan'ny, yn dwyt? Ble wyt ti'n aros?'

'*The Happy Voyager*.'

'Ti'n ddigon agos, felly. Cer draw i'w gweld nhw.'

'Pryd?'

'Pryd bynnag. Be wyt ti'n wneud nawr?'

'Edrych o gwmpas.'

'Mwynhau?'

'Ydw. Dwi'n mwynhau'n fawr iawn,' meddai Sgwid. 'Dwi wastad yn mwynhau dod i Lundain.'

'Ddim cystal â Pencelyn, chwaith, ydy e?' Chwarddodd Dustin. 'Mae fel ffair fan hyn ar faes awyr Ludfield. Pawb ar bigau'r

drain, a'r lle'n drewi o blismyn a milwyr. Ych-a-fi! Mi fydda i'n falch
pan fydd yr Arlywydd wedi landio. Fe wela i ti fory 'te, Gwydion.
Rwyt ti'n dod i'r sioe, yn dwyt?'

'O, ydw,' meddai Sgwid.

'Da iawn!' meddai Dustin Starr. 'Fe ro i wybod i dy fam-gu
fod popeth yn iawn. Hwyl.'

'Galla i ffonio ...'

Rhy hwyr. Roedd y ffôn wedi clician. Syllodd Sgwid arni a'i
ddwylo'n crynu. Roedd e'n teimlo fel babi blwydd. I feddwl bod
Mam-gu wedi ffonio'r ffatri, a'r ffatri wedi ffonio Dustin! Iych!
Ond o leia roedd e'n gwybod ble oedd Mam a Dad nawr. Yn yr
Aldebaran o bobman. Mwy na thebyg eu bod nhw wedi dweud wrth
y ferch yn y dderbynfa am beidio â dweud gair, rhag ofn i'r papurau
newydd gael gafael arnyn nhw. Edrychodd ar ei oriawr. Roedd hi'n
ddeg munud wedi deg. Fe fyddai yn yr *Aldebaran* erbyn un ar ddeg.
Cododd Sgwid ei focs a stopio'n stond.

Roedd Elma Holborn yn sefyll o flaen stondin *Stardust*.
Roedd hi'n siarad ag un o'r gwarchodwyr ac â dyn mewn siwt
dywyll. Siwt dywyll, gwallt slic, croen brown. Trodd y dyn a'i weld.
Mewn chwinc roedd Sgwid yn gwau ei ffordd tuag at y drws. O'r
tu ôl iddo daeth bloedd. Gollyngodd ei focs ar gownter y stondin
agosa a chipio'i rycsac allan.

'Hoi!' Camodd y dyn oedd yng ngofal y cownter ato a golwg
flin ar ei wyneb. 'Cer â dy sbwriel!' Ond roedd Sgwid wedi 'i heglu
hi drwy'r drws, heibio i'r gwyliwr-crys-gwyn oedd yn ailadrodd y
floedd.

'Stop the lad with the box!'

Wrth groesi'r cyntedd clywodd Sgwid ragor o weiddi.
Plymiodd i'r awyr agored a gwau ei ffordd fel llysywen drwy'r
dorf ar yr iard. Erbyn iddo gyrraedd ceg yr orsaf roedd y gweiddi
wedi peidio. Rhedodd i lawr y grisiau gan sugno'r arogl llwch-a-
metel-poeth yn ddiolchgar. Pan gyrhaeddodd e'r peiriant tocynnau,
sylweddolodd fod pêl yr Eco-Gecko'n dal yn ei law. Gwthiodd hi
i'w boced, bwydo arian i'r peiriant a'i ddwylo'n chwys drabwd, ac o'r
diwedd roedd e ar y trên yn cael ei wasgu fel brechdan rhwng criw

o estroniaid.

Allai e ddim estyn am ei ffôn, ond dim ots am hynny. Doedd e ddim am ffonio neb, rhag ofn iddyn nhw glywed sŵn ei galon yn curo'n wyllt.

14

Erbyn i Sgwid gyrraedd pen ei daith, roedd diferion mawr o law taranau'n disgyn. Prin y teimlodd e nhw ar ei groen, na gweld y smotiau enfawr yn addurno'r palmant sych. Sylwodd e ddim ar y dyn ifanc gwelw oedd wedi ei ddilyn o orsaf SuperNova chwaith. Roedd meddwl Sgwid ymhell. Roedd e'n meddwl am ei daith ofer i Neuadd SuperNova ac yn ôl. Petai e ond wedi cwrdd â'i rieni neithiwr yn yr *Aldebaran*, fyddai dim rhaid iddo fod wedi rhuthro yma ac acw fel rhyw gyw James Bond. Hm! Snwffiodd Sgwid a chodi'r rycsac yn uwch ar ei gefn. Doedd e ddim eisiau bod yn James Bond. Roedd James Bond yn byw mewn byd o dwyll, ac roedd Sgwid wedi cael llond bol o hynny'n barod. Pam na allai bywyd for mor syml â gêm o snwcer?

Disgynnodd diferyn mawr o law ar dalcen Sgwid a threiglo i lawr ei drwyn. Wrth ei sgubo i ffwrdd, sylwodd Sgwid ar siop oedd yn gwerthu dillad dynion. Hetiau uchel. Siwtiau du. Gwasgodau melfed. Craffodd Sgwid ar y gwasgodau. Am bris! A dim hanner cymaint o steil â'r Wasgod Wyrthiol.

A meddwl am ei wasgod wyrthiol oedd Sgwid wrth droi i mewn i'r *Aldebaran*. Roedd merch wahanol yn y dderbynfa, ond fe wenodd hi arno, yn union fel petai e'n Ronnie O'Sullivan.

'Bore da, syr.'

Syr Sgwid! Marchog y Wasgod Wyrthiol. Gwenodd Sgwid arni.

'Wedi dod i gwrdd â rhywun ydw i.' Wnaeth e ddim dweud 'Mam a Dad'. Swnio'n rhy blentynnaidd. 'Idris ac Anita …' Roedd e wedi oedi cyn y 'Beynon', ond dim ots. Roedd y ferch yn gwenu ac yn nodio'n ddeallus.

'Iawn.' Edrychodd y ferch ar y rhes o allweddi oedd yn hongian y tu ôl i'r ddesg.'Maen nhw wedi mynd allan am dro, dwi'n meddwl. Ydyn, maen nhw'n dal allan, ond mae 'na stafell wedi 'i bwcio ar eich cyfer chi. Dwi'n cymryd mai chi yw…?'

'Gwydion Beynon,' meddai Sgwid. Waw! Roedd Dustin wedi trefnu ar ei gyfer. Parch i Dustin!

'Iawn, Mr Beynon. Fe alwa i ar rywun i fynd â chi i'ch stafell. Hoffech chi rywbeth i'w fwyta tra'n aros am eich rhieni? Brechdanau? *Croissants*? Bisgedi?'

'Cwpwl o *croissants*?' meddai Sgwid.

'A jam?'

'A jam.' Chwarddodd y ddau.

Sgrifennodd y ferch '*Croissants* a jam' ar lyfr nodiadau. 'Mae 'na offer gwneud te a choffi yn y stafell, ac mae 'na ddiodydd yn yr oergell, ond falle hoffech chi goffi go iawn neu siocled poeth?

'Byddai *cappuccino* yn braf iawn,' meddai Sgwid.

Ychwanegwyd *cappucccino* at y *croissants* a'r jam.

'Iawn,' meddai'r ferch. Cododd y ffôn a dweud 'Mr Gwydion Beynon wedi cyrraedd,' ac ychwanegu, 'Bydd rhywun yn dod i'ch cyrchu yn y funud, Mr Beynon.'

Fel arfer byddai Sgwid yn dweud 'Galwa fi'n Sgwid.' Neu o leia' 'Galwch fi'n Gwydion'. Ond wnaeth e ddim. Am y tro roedd 'Mr Beynon' yn siwtio'n iawn. Ar ôl ei holl helyntion roedd hi'n bryd iddo gael ei drin fel oedolyn. '*Stop the lad with the box*' – hy! Felly yn lle tynnu'i ffôn o'i boced a chwarae â hi, fe gododd Sgwid bapur newydd o'r cownter, yn union fel byddai'i rieni'n 'i wneud, ac edrych ar y dudalen flaen. Banc mewn trafferthion ariannol. Mrs Wayne Rooney'n disgwyl babi. (Bo-ring!) Protestiadau ym maes awyr Ludfield. O-o! Dim rhyfedd fod Dustin wedi dweud bod y maes awyr fel ffair.

Pingiodd cloch y lifft, a chamodd dyn ifanc yn lifrai'r

Aldebaran tuag ato. Plygodd Sgwid y papur a'i roi'n ôl ar y cownter.

'Croeso i chi fynd â hwnna gyda chi, syr.'

'O, diolch.' Rhoddodd Sgwid y papur o dan ei gesail.

'Ga i helpu, syr?' Estynnodd y dyn ifanc ei law at y rycsac.

'Mae'n iawn, diolch.' Gwenodd Sgwid ar y ferch ar y cownter a diolch iddi hithau hefyd cyn i'r dyn ifanc ei sgubo i mewn i'r lifft.

Gwasgodd y dyn ifanc fotwm y pumed llawr. Wrth i'r lifft godi, syllodd Sgwid ar ei lun yn y drych. Roedd e'n edrych fel sgryff. Ac yn drewi. Oedd, roedd ei grys chwys yn drewi fel trên tanddaearol ac roedd smotiau drosto i gyd fel smotiau llewpard. Gobeithio bod y dyn ifanc yn sylweddoli mai smotiau glaw oedden nhw, ac nid rhywbeth afiach. Tybed a oedd y dyn ifanc yn casáu galw rhywun fel fe yn 'syr'? Sbeciodd Sgwid ar adlewyrchiad y dyn yn y drych, ond roedd e'n syllu'n wylaidd ar y llawr.

Cododd ei ben wrth i'r lifft ddod i stop ac amneidio ar Sgwid i gamu allan o'i flaen. Roedden nhw mewn coridor bach sgwâr. Roedd y lifft yn cau un pen, ac roedd drws mawr yn cau'r pen arall. Bob ochr roedd dwy stafell wely.

'Ar y chwith, syr,' meddai'r dyn ifanc. 'Drws Rhif 2.'

Stopiodd Sgwid o flaen y drws a gwylio'r dyn yn rhoi'r allwedd electronig yn y clo. Agorodd y drws ac estyn yr allwedd i Sgwid.

'Gobeithio y bydd popeth wrth eich bodd, syr. Fe fydd y bwyd yn dod lan cyn bo hir.'

'Diolch.' Camodd Sgwid i'r stafell a disgwyl i'r drws gau. Wedyn fe wrandawodd am sŵn y lifft yn agor, ond chlywodd e ddim byd. Roedd drysau rhy dda gan yr *Aldebaran*. A gwelyau da, a charpedi esmwyth a bwyd da. Ond pan oedd e'n teimlo'n hollol siŵr fod y dyn wedi mynd yn ddigon pell, pwniodd Sgwid yr awyr, taflu'i rycsac ar y gwely a thaflu'i hun ar ei ôl.

Aw! Roedd e wedi glanio ar bêl yr Eco-Gecko. Tynnodd y bêl o'i boced, ei gwthio i'r rycsac a sboncio'n ôl ar ei draed. Syr Sgwid oedd e nawr, a fyddai Syr Sgwid ddim byth yn bihafio fel plentyn anaeddfed. Pan oedd Sgwid yn fachgen bach anaeddfed (tan ddwy flynedd yn ôl) roedd e'n dwlu aros mewn gwesty. Pan fyddai'n mynd gyda'i fam a'i dad i Lundain, i Frankfurt, i Rufain neu ble bynnag, byddai Sgwid yn aml yn dewis aros yn ei stafell, tra byddai'i rieni'n mynd allan i weld y golygfeydd. Gorweddian ar y gwely. Gwylio teledu. Gorau i gyd os oedd 'na oergell yn y stafell yn llawn o ddiodydd a siocled – a Mam a Dad yn fodlon talu amdanyn nhw.

Ers i Dad fynd i weithio i *Stardust*, ac yn enwedig ers iddyn nhw symud i'w tŷ newydd yng Nghlos Cadwaladr lle'r oedd gan Sgwid ei stafell foethus ei hunan, roedd y pleser o aros mewn stafell westy wedi pylu rhywfaint. Ond ar ôl noson o gwsg anesmwyth yn y *Voyager* ac ar ôl ei gampau yn Neuadd SuperNova, roedd landio yn yr *Aldebaran* fel landio yn y Crucible yn Sheffield. Braf, braf, braf. Cododd Sgwid ei rycsac o'r gwely a thynnu set o ddillad glân allan cyn rhoi'r rycsac yn dwt yn y cwpwrdd. Wedyn ar ôl rhoi'r papur newydd ar y bwrdd bach yn ymyl y gadair esmwyth, er mwyn esgus ei fod e'n mynd i'w ddarllen, fe aeth i'r stafell molchi i gael cawod gyflym.

Newydd gamu allan o'r gawod oedd Sgwid, pan ddaeth cnoc ar y drws.

'Dod!' galwodd, gan dynnu'i jîns amdano a rhedeg at y drws.

Roedd y dyn ifanc yn sefyll yn y coridor gyda throli llwythog. Gwthiodd y troli ar draws y carped esmwyth, symud y papur newydd a gosod paned o goffi ewynnog, jwg yn cynnwys rhagor o goffi, dau *croissant*, menyn, jam a siwgr ar y ford, a'r cyfan yn wincian yng ngolau'r haul oedd rywsut wedi llwyddo i sleifio dros y toeau gyferbyn, a ffeindio'r ford.

'Mwynhewch,' meddai'r dyn ifanc.

'Mi wna i. Diolch,' meddai Sgwid gan snwffian arogl hyfryd y coffi a'r *croissants*.

'Os hoffech chi ragor, ffoniwch y dderbynfa.'

'Diolch.'

Aeth y dyn ifanc allan. Brysiodd Sgwid i'r stafell molchi. Yn ei frys, roedd e wedi gwisgo'i jîns brwnt, ond wnaeth e ddim trafferthu newid, dim ond cipio'i grys-T glân a brysio'n ôl at y bwyd. Eisteddodd wrth y bwrdd, codi'r napcyn gwyn oedd bron mor fawr â lliain bord ac anadlu i mewn.

'Mmm!' meddai Sgwid, ac am eiliad meddyliodd am decstio Joe a dweud: Dyfala ble dwi nawr. Byddai Joe yng nghanol gwers fathemateg, a doedd Moc Maths ddim yn gadael i'w ddisgyblion laesu dwylo hyd yn oed ar ddiwedd tymor yr haf. Ond roedd y *croissant* yn galw, felly wnaeth e ddim, dim ond estyn am y jam.

Mmm! Jam perffaith. Doedd hyd yn oed ei fam-gu oedd yn ennill bob blwyddyn yn Sioe Pencelyn, ddim yn gallu gwneud jam fel hwn. Jam mefus oedd yn blasu fel mefus gwyllt. Taenodd Sgwid drwch o jam ar y *croissants* a'u llowcio. Roedd e'n mynd i ffonio am ragor – yn bendant – ond yn gyntaf estynnodd am y coffi.

Mmm! Coffi perffaith, gydag arogl moethus, persawrus. Pam na allai caffis Pencelyn wneud coffi fel hwn?

Pwysodd Sgwid yn ôl yn ei gadair esmwyth, yfed ...

A chysgu.

15

Roedd Sgwid wedi cyrraedd ffeinal Pencampwriaeth Snwcer y Byd. Fe a Ronnie O'Sullivan. Sgwid ei hun oedd ar y blaen o 7 ffrâm i 1, ond nawr, a'r ail sesiwn ar ddechrau, roedd e'n methu â chodi o'i gadair.

'Dewch 'mlaen, Syr Beynon,' meddai'r reffarî, rhyw gwlffyn o ddyn gwallt slic. 'Os na ddewch chi'r funud hon, fe fyddwch chi'n colli.'

Alla i ddim. Roedd llais yn sgrechian ym mhen Sgwid. Alla ... i ... ddim. Pam mae Ronnie O'Sullivan yn chwerthin? Pam mae pawb yn y gynulleidfa'n chwerthin?

'Syr Beynon. Dwi'n mynd i gyfri i dri. Un ...'

Llifodd ton o banig drwy Sgwid. Roedd e'n trio codi, ond roedd holl bwysau'i gorff wedi suddo i lawr i wadnau ei draed.

'Dau ...'

Dwi'n trio. Dwi'n trio.

'Tr ...'

Agorodd Sgwid ei lygaid. Roedd e wedi 'i gwneud hi! Roedd e'n symud. Ond ble oedd y bwrdd snwcer? Ble oedd ...? Whiw! Fflopiodd Sgwid yn ôl ar y gobennydd. Breuddwyd oedd hi. Diolch byth am hynny. Trueni nad oedd e ym Mhencampwriaeth y Byd nac yn curo Ronnie'n rhacs, ond, fel arall, roedd hi'n braf deffro yn ei wely yn ... ble?

Rholiodd Sgwid ar ei ochr a syllu'n syth o'i flaen. Roedd e

yn ... yr *Aldebaran*. Wrth gwrs, yr *Aldebaran*. Ar y bwrdd wrth y
ffenest roedd gweddill y coffi a'r briwsion *croissants*.

Dim wincian.

Pam doedd y llestri ddim yn wincian?

Pam dylai llestri wincian?

Oedd ots?

Caeodd Sgwid ei lygaid. Roedd ei ymennydd fel pwll dŵr a'i
feddyliau fel pysgod bach yn gwibio o un man i'r llall. Tynnodd ei
ddwylo'n araf, araf dros ei wyneb, agor ei lygaid led y pen ddwywaith
a throi i edrych ar y bwrdd eto.

Roedd cysgod dros y bwrdd. Pam oedd hynny'n ei boeni?
Cododd Sgwid yn sydyn ar ei eistedd. Nawr roedd rhyw fath o
bêl snwcer wedi ymuno â'r pysgod ac yn taro yn erbyn esgyrn ei
ben. Caeodd un llygad a syllu ar adlewyrchiad yr haul ar ffenest yr
adeilad tal gyferbyn.

Yr haul!

Roedd yr haul wedi symud.

Swingiodd Sgwid ei draed dros ymyl y gwely, codi a theimlo'r
bêl snwcer yn taro'i dalcen. Gwegiodd ei goesau a baglodd yn erbyn
y ford. Sbonciodd cyllell i'r awyr a disgyn ar blât. Holltodd y plât
a chrynodd pob llestr. Tasgodd diferion o goffi o'r jwg a glawio ar
Sgwid oedd wedi disgyn ar ei liniau.

Faint o'r gloch oedd hi? Crynodd ei oriawr o flaen ei lygaid.

Faint...o'r...gloch?

Cydiodd Sgwid yn ei arddwrn chwith a'i dal yn llonydd.
Chwarter wedi dau. Chwarter wedi dau. Chwarter wedi dau. Faint
o amser oedd e wedi cysgu? Allai e ddim gwneud symiau. Gormod,
oedd yr ateb. Roedd e wedi cysgu gormod. Cododd Sgwid ar ei
draed, straffaglu i'r stafell molchi a thasgu dŵr i'r wyneb hurt oedd
yn syllu o'r drych. Llyncodd lond llaw o ddŵr, ac un arall ac un arall.
Wedyn eisteddodd ar ymyl y bath a gwasgu ei law dros ei asennau.
Roedd y bêl snwcer wedi disgyn, wedi potio'i galon i ryw boced ac
wedi cymryd ei lle.

Sbonc, sbonc, sbonc.

Gorfododd Sgwid hi i dawelu, cyn mentro codi ar ei draed a

mynd yn ôl i'r stafell wely.

Roedd hi'n ugain munud wedi dau erbyn hyn, ond roedd pen Sgwid yn dal i forio. Os oedd hi'n ugain munud wedi dau, ble oedd Mam a Dad? Wedi mynd a dod? Wedi 'i roi yn y gwely a'i adael i gysgu? Sbeciodd ar y dyddiad ar ei oriawr a'i wynt yn ei ddwrn. 01.07 Whiw! Roedd hi'n dal yn ddydd Gwener. Gwasgodd fotwm y teledu, chwilio am sianel newyddion a sbecian ar y diwrnod a'r amser ar y sgrin. 2.23 Roedd ei oriawr yn iawn. Suddodd Sgwid ar y gwely a gwylio'r penawdau'n llithro heibio. *Sport. Ryan Giggs signs for Cardiff. News. Eco-protesters dragged away from Ludfield Airport. Prime Minister to hold breakfast meeting with Russian President to discuss oil crisis.*

Caeodd Sgwid ei lygaid. Roedd darllen y penawdau'n gwneud iddo deimlo'n chwil. A'i lygaid yn dal yn hanner cau aeth i'r stafell molchi ac ymbalfalu am wydraid o ddŵr. Yfodd ddiferyn a methu yfed rhagor. Taflodd y gweddill i'w wyneb.

Yn ôl ag e i'r stafell wely, codi'r ffôn mewnol a deialu'r dderbynfa.

'Helo. Sut galla i'ch helpu chi?' meddai llais merch.

'Sg…Gwydion Beynon sy 'ma. Stafell 2. Allwch chi ddweud wrtha i ym mha stafell mae fy rhieni? Dwi'n cymryd eu bod nhw'n ôl nawr?'

'Eich rhieni, syr?'

'Idris ac Anita.'

'Cyfenw?'

'B…eynon.' Llifodd ias fach drwy gorff Sgwid.

'Beynon? Mae'n ddrwg gen i …'

'Maen nhw 'ma,' torrodd Sgwid ar ei thraws. 'Dwi'n gwbod eu bod nhw yma. Mae Dustin Starr wedi dweud wrtha i.'

'Dustin Starr?' meddai'r ferch yn ddrwgdybus.

'Dustin sy wedi trefnu i fi aros yma. Nid chi oedd yn y dderbynfa bore 'ma ife?'

'Nage.'

'Wel, gofynnwch i'r ferch oedd yn y dderbynfa bore 'ma am un ar ddeg. Mae hi'n gwbod. Dwedwch fod Gwydion Beynon,

Stafell 2, yn holi am ei rieni.'

'Mae hi wedi mynd adre, syr. Ond fe ofynna i i'r rheolwr.'

'Iawn…'

'A'ch ffonio chi'n ôl.'

'Diolch.'

Gollyngodd Sgwid y ffôn. Roedd e'n chwys oer drosto i gyd. Aeth i nôl tywel a rhwbio'i fol a'i gefn o dan y crys-T.

Ar y teledu roedd llun drws ffrynt Neuadd SuperNova. Neb yn cael mynd i mewn, eglurodd y ddarlledwraig. Y stondinwyr yn brysur yn cwblhau'u trefniadau erbyn fory. Wrth i'r camera sgubo ar draws y patio, gwelodd Sgwid y lorri o Barcelona'n cyrraedd, yr union lorri welodd e bore 'ma. Waw! Roedd 'na griw o bobl yn sefyll yn ymyl y lorri a fe ei hun yn eu canol. Y tu ôl iddyn nhw roedd bachgen yn loetran mewn trowsus tywyll a hwdi. Ydw i wedi gweld hwnna o'r blaen, meddyliodd Sgwid, ond ta waeth, roedd y ddarlledwraig wedi symud ymlaen i'r stori nesa. Cododd Sgwid ei ysgwyddau, a syllu i gyfeiriad y ffôn.

Pam nad oedd y ffôn yn canu?

A beth am ei ffôn ei hunan?

Gwthiodd ei law i'w boced. Doedd y ffôn ddim yno. Rhedodd sioc drydanol drwy'i gorff. Yr holl siocs. Roedd e fel *Electric-man*. Brysiodd i'r stafell molchi, codi'r jîns glân a phlymio'i law i'r pocedi. Doedd y ffôn ddim fan'ny chwaith. Doedd hi ddim yn y stafell molchi o gwbl. Rhuthrodd Sgwid yn ôl i'r stafell wely a chwilio pob twll a chornel. Chwiliodd drwy'i rycsac. Roedd ei waled a phopeth arall yn dal yno, ond dim ffôn. Dim ffôn. Erbyn hyn roedd digon o drydan yn rhedeg drwy'i gorff i oleuo holl strydoedd Pencelyn.

Roedd e wedi colli'i ffôn. Ble? Ar y tiwb? Ar y stryd? Yn lobi'r gwesty? Cododd Sgwid y ffôn mewnol a deialu'r dderbynfa.

Canodd y ffôn. Cliciodd bysedd Sgwid ar y ford. Daliodd y ffôn ati i ganu.

Ar ôl ugain 'brrrr' arall heb ateb, gollyngodd Sgwid y derbynnydd a brasgamu at ddrws ei stafell. Gafaelodd yn y bwlyn a rhoi plwc. Roedd y drws ar glo. Brysiodd Sgwid i nôl yr allwedd o'r ford ar bwys y teledu. Yn ôl ag e at y drws a stopio'n stond. Wrth gwrs, o'r tu mewn doedd dim modd defnyddio'r allwedd. Fe ddylai'r drws fod yn agor hebddi. Gafaelodd Sgwid yn y bwlyn eto, ei droi a'i dynnu, ei droi a'i dynnu. Tynnu a thynnu nes oedd ei ddyrnau'n wyn.

Wnâi'r drws ddim agor. Diffoddodd Sgwid y teledu, wedyn dyrnu ar y drws a gweiddi nerth esgyrn ei ben.

'Agorwch y drws. Mae'r drws ar glo. Agorwch!'

Gwasgodd ei glust ar y drws. Doedd dim smic i'w glywed. Rhedodd yn ôl at y ffôn mewnol a deialu. Canodd y ffôn, canu a chanu a chlicio.

'Helô!' meddai Sgwid. 'Dwi….Helô. Helô. Oes rhywun yna?'

Dim ateb.

Peiriant ateb, falle?

'Helô,' meddai Sgwid. Gafaelodd yn dynn ym mhostyn y gwely a thrio sadio'i hun. 'Helô. Gwydion Beynon sy 'ma. Stafell 2. Mae 'na rywbeth o'i le ar y drws. Dwi'n methu dod allan o'm stafell. Allech chi anfon rhywun lan i'w drwsio ar unwaith, os gwelwch yn dda? Diolch.'

Gollyngodd y ffôn a mynd at y ffenest. Yn yr adeilad gyferbyn roedd pobl yn plygu dros eu desgiau. Os dôi hi i'r gwaetha, fe allai dynnu sylw un ohonyn nhw. Sut oedd y ffenest yn agor? Wrth symud y gadair er mwyn cyrraedd ati, fe ganodd y ffôn.

Gydag un sbonc roedd Sgwid wedi'i hyrddio'i hun ar draws y gwely a gafael yn y derbynnydd.

'Helô?'

'Mr Beynon?' Llais serchog merch. 'Mae'n ddrwg gen i am yr anhwylustod. Mae'r cyfrifiadur sy'n rheoli drysau a gwahanol weithgareddau wedi mynd o chwith.'

'Sut?' cyfarthodd Sgwid.

'Mae wedi digwydd unwaith o'r blaen yn anffodus.'

'Faint o amser mae'n cymryd i drwsio'r cyfrifiadur?'

'Ddim yn hir. Mae pobl wrthi nawr.'

'Wnaethoch chi ffeindio allan ble mae Mam a Dad?'

'Dwi'n methu cysylltu â neb. Mae'n wir ddrwg gen i.'

'Iawn.'

'Ga i ymddiheuro'n ddwys...'

'Mae'n iawn.' Gollyngodd Sgwid y ffôn, gorwedd ar ei wely, a chladdu'i wyneb yn y gobennydd. Beth oedd hyn? Cosb am yr holl adegau roedd ei fam a'i dad wedi erfyn arno i fynd allan am dro gyda nhw, yn lle aros yn y gwesty? A nawr roedd e'n methu mynd allan o gwbl.

Ac roedd e wedi anghofio sôn ei fod e wedi colli'i ffôn. Ond roedd y ffôn mewnol yn gweithio! Cododd Sgwid ar ei eistedd a gafael ynddo. Meddyliodd am rif o 1 i 49. Doedd e ddim yn gwybod faint o stafelloedd oedd yn yr *Aldebaran*, ond 'run man esgus ei fod e'n chwarae'r Loteri. Beth oedd e eisiau ennill? Rhif stafell ei fam a'i dad. Roedd e eisiau clywed ei fam a'i dad yn codi'r ffôn.

Dewisodd rif 27 i ddechrau, sef rhif saff yn y canol. Deialodd y rhif a chanodd y ffôn yn stafell 27. Atebodd neb. Dim Mam, dim Dad, dim neb. 19 oedd y dewis nesaf, wedyn 11. Dim lwc. Ffoniodd Sgwid rif 1, rhif 3 a rhif 4, sef y stafelloedd nesaf ato. Atebodd neb. Gwasgodd Sgwid ei ddannedd a deialu rhif pob stafell o 5 i 31. Canodd y ffôn ym mhob un, ond chafodd e ddim ateb gan neb. O 32 i fyny, roedd y ffôn yn gwrthod canu o gwbl.

Falle nad yw'r ffonau'n canu go iawn, meddyliodd Sgwid. Weithiau, hyd yn oed pan fydd ffôn wedi torri, mae'r sŵn 'brrr brrr' yn dal i ddod dros y wifren. Ac eto roedd y ferch yn y dderbynfa wedi llwyddo i'w ffonio, ac roedd e wedi 'i ffonio hi ddwywaith. Deialodd rif y dderbynfa am y trydydd tro

Clic y peiriant ateb.

'Gwydion Beynon sy 'ma eto,' meddai Sgwid. 'Ddrwg gen i'ch poeni chi, ond dwi wedi colli fy ffôn. Tybed a fedrech chi daro golwg i weld a ydw i wedi 'i adael e ar y ddesg? Diolch.'

Aeth draw at y ffenest. Roedd hanner yr adeilad gyferbyn mewn cysgod erbyn hyn. Pobl yn dal i blygu dros eu desgiau. Pryd fydden nhw'n mynd adre? Doedd Sgwid ddim eisiau iddyn nhw fynd adre. Roedd e eisiau cwmni. Roedd gweld rhywun yn y pellter yn well na gweld neb. Edrychodd ar ei oriawr – 3.06 – wedyn fe drïodd agor y ffenest. Dim ond un paen bach ar y top oedd yn agor.

Dwi ddim eisiau mynd i garchar, meddyliodd Sgwid. Byth,

byth, byth. Allwn i ddim dioddef cael fy nghau i mewn fel hyn. Safodd am foment yng nghanol y stafell fel rhyw fwgan brain oedd yn disgwyl i'r gwynt ei chwythu, wedyn fe aeth draw at yr oergell a rhoi plwc chwyrn i'r drws.

'Y?' Rholiodd dau Scotch Egg allan a glanio ar ei draed.

Roedd yr oergell yn llawn o fwyd. Rholiau sosej. Ham. Pecynnau bach o gaws. Iogwrt. Smoothies. Sudd. Llaeth. Barrau o siocled. Bocsaid o fefus. Agorodd y cwpwrdd drws nesa i'r oergell ac roedd hwnnw'n llawn hefyd. Afalau, creision, bisgedi, rholiau bara, te, coffi, barrau o fwyd iach, fflapjacs, cacennau. Digon i'w gadw i fynd am ddiwrnodau.

Gadawodd Sgwid i becyn o fflapjacs lithro drwy'i ddwylo. Beth…? Llyncodd, a thrio stopio'r cwestiwn oedd yn mynnu ffurfio yn ei ben. Roedd colomen newydd landio ar sil y ffenest ac yn syllu arno drwy'r gwydr a'i phen ar dro.

'Beth os ydw i'n mynd i gael fy ngharcharu fan hyn am ddiwrnodau?' meddai Sgwid ar ras. 'Beth os yw rhywun wedi gwneud hyn yn bwrpasol?'

Agorodd y golomen ei phig.

'Falle bydd raid i fi dy ddysgu di i siarad a gofyn i ti fynd am help.' Chwarddodd Sgwid yn sigledig. 'Dim ond jôc,' meddai.

Agorodd y golomen ei phig, ond wnaeth hi ddim chwerthin.

'Ie, dim ond jôc, twpsyn,' meddai Sgwid. 'Fyddai neb yn gwneud shwd beth. A ta beth, bydd rhywun yn dod i chwilio amdana i. Mam, Dad, Mam-gu, Dustin. Hele a'r criw hyd yn oed.'

Doedd y golomen ddim yn gwrando. Roedd hi'n llygadu'r bwyd yn y cwpwrdd.

'Aros funud,' meddai Sgwid. Dechreuodd rwygo pecyn o roliau bara. Ar ganol rhwygo newidiodd ei feddwl ac agor y pecyn cacennau. 'Run man iddi gael y bwyd gorau. Cododd arogl melys moethus i'w drwyn. Roedden nhw'n gacennau drud. Torrodd hanner un a'i malu'n friwsion, wedyn dringodd ar y gadair a gadael i rai o'r briwsion lawio ar y sil.

Safodd y golomen yn big-agored am eiliad, cyn dechrau pigo, pigo, pigo fel dril niwmatig. Wedi iddi orffen y cyfan – a sarnu rhai dros ymyl y sil – gollyngodd Sgwid ragor.

'Mae Siôn Corn wedi dod, golomen,' meddai Sgwid.

'W-w-w-w,' atebodd y golomen.

'Sori,' meddai Sgwid. 'Alli di ddim cael rhagor eto. Dwi ddim eisiau i ti gael bola tost. Dere'n ôl yn nes ymlaen.'

Syllodd y golomen arno'n hir â'i llygaid botwm. Syllodd Sgwid yn ôl arni. Tybed a ddôi hi'n ôl? A sut oedd ei nabod hi pe bai hi'n dod yn ôl? Doedd Sgwid ddim wedi talu sylw i golomennod erioed. Roedd hon yn edrych yn raenus, a hollol gyffredin heblaw.... Wrth iddi frysio i ddal cyrensen oedd bron â disgyn dros ben pella'r sil, sylwodd Sgwid ar y fodrwy am ei choes. Naill ai colomen rasio oedd hi, neu roedd rhywun yn gwneud astudiaeth o golomennod gwyllt Llundain.

Llyncodd y golomen ei chyrensen ac yna llygadu Sgwid a'r cwpwrdd bwyd am yn ail.

'Na,' meddai Sgwid.

Doedd y golomen ddim yn deall Cymraeg.

'No,' meddai Sgwid.

Doedd y golomen ddim yn deall Saesneg chwaith.

Ochneidiodd Sgwid, a mynd i nôl mymryn arall o gacen. Caeodd ddrws y cwpwrdd bwyd, gollwng y briwsionyn drwy'r ffenest a rhuthro i guddio yn y stafell molchi. Roedd y golomen wedi llyncu'r briwsionyn mewn chwinc. Drwy gil y drws gwyliodd Sgwid hi'n syllu i gyfeiriad y stafell molchi yn ddisgwylgar. Roedd hi'n gallu gweld ei lygaid e.

Aeth Sgwid i eistedd ar y bath, a gwylio pum munud gyfan yn tician heibio ar ei oriawr. Wedyn fe sleifiodd allan o'r stafell, cuddio y tu ôl i'r llenni a sbecian. Dim sôn am y golomen.

Yn yr adeilad gyferbyn roedd y bobl yn dal wrth eu desgiau. Syllodd Sgwid arnyn nhw. Doedden nhw ddim yn symud. Doedden nhw ddim wedi symud ers y tro cynta iddo edrych! Camodd Sgwid at y ffenest a dechrau dyrnu'r gwydr i dynnu sylw. Ond yn yr adeilad gyferbyn chododd neb eu pennau. Symudodd neb.

'Nid pobl go iawn ydyn nhw,' sibrydodd Sgwid. 'Modelau!'

Taflodd Sgwid ei hun dros y gwely a chipio'r ffôn. Ffoniodd

y dderbynfa. Peiriant ateb. Ffoniodd y llinell allanol. Ffoniodd 999. Dim ateb.

Nid cyd-ddigwyddiad oedd hyn. Roedd e'n garcharor! Roedd rhywun wedi rhoi powdwr cysgu yn ei goffi! Wedi dwyn ei ffôn! Siawns bod ei fam a'i dad yn garcharorion hefyd.

Ond pam? O achos *Adenydd Angel*? Clywodd Sgwid lais Elma Holborn yn ei ben. 'Dim ond teils ydyn nhw.'

Pam fyddai unrhyw un yn bygwth gweithwyr *Stardust Tiles* ac yn risgio blynyddoedd o garchar? Yn ôl â Sgwid at y ffenest. Na, doedd y bobl gyferbyn ddim wedi symud, heblaw…. Sbonciodd calon Sgwid. Roedd 'na gysgod llwyd yn un o'r ffenestri ar y llawr gwaelod. Roedd y cysgod yn codi'i law.

Neidiodd Sgwid ar y gadair, dringo ar y sil, a gwthio'i law drwy'r ffenest agored. Be wedyn? Sut oedd dangos i'r cysgod ei fod e mewn trwbwl? Gweiddi? Sgrifennu? Oedd 'na bapur?

Wedi troi ei ben i edrych am bapur oedd Sgwid pan deimlodd awel fach a chlywed siffrwd yn erbyn y gwydr. Roedd y golomen wedi dod yn ei hôl. Ond doedd gyda fe ddim amser i boeni am golomennod. Cipedrychodd dros ei ysgwydd i wneud yn siŵr fod y cysgod llwyd yn dal yn ei le. Oedd, ac yn symud ei ddwylo ac yn pwyntio at y golomen. Disgynnodd Sgwid ar ei liniau ar y sil a syllu ar yr aderyn wyneb yn wyneb.

'W-w-w-w,' meddai'r golomen.

'Dyna i gyd wyt ti'n gallu dweud?' meddai Sgwid.

'W-w.' Roedd y golomen eisiau gweld i mewn i'r stafell. Roedd hi'n trio sbecian dros ysgwydd Sgwid. Pan fethodd Sgwid symud, fe gododd i'r awyr.

'O, nid yr un un wyt ti,' meddai Sgwid, pan welodd ei choes. Roedd 'na fodrwy gan hon hefyd, ond yn sownd wrth y fodrwy roedd darn bach o bapur.

A! 'Na dwp oedd e! Roedd hi wedi dod â neges. Yn ei frys i ddisgyn o'r sil trawodd Sgwid ei ben yn erbyn y ffenest. Dychrynodd y golomen a hedfan i ffwrdd. Ond erbyn i Sgwid ruthro at y cwpwrdd bwyd a chipio darn o gacen, roedd hi yn ei hôl. Dringodd Sgwid ar y sil a phwyso'i law ar ymyl y ffenest agored. Un ysgytwad o'i hadenydd ac roedd y golomen farus yn eistedd ar y llaw. Mater bach oedd ei denu i mewn i'r stafell.

Roedd Sgwid ar fin estyn am y neges, pan deimlodd ias yn rhedeg i lawr ei gefn. Beth os oedd rhywun yn ei wylio? Beth os oedd 'na gamera yn y stafell? Byg? Yn lle cipedrych o'i gwmpas, fe ddenodd Sgwid y golomen draw at y cwpwrdd bwyd. Penliniodd yn ei hymyl, a thra oedd y deryn barus yn gwthio'i phen i'r cwpwrdd ac yn trio pigo pob pecyn, fe gymerodd Sgwid y papur o'i choes. Gorweddodd ar ei fol, agor y papur yn y cwpwrdd a darllen y ddau air.

Anfon agoriad.

Cymraeg!

Rhywun yn siarad Cymraeg!

Mam? Dad?

Nage. 'Allwedd' fyddai Mam a Dad yn ei ddweud.

Pwy?

Oedd ots? Doedd ganddo ddim dewis ond trystio'r cysgod llwyd.

A'r golomen yn dal i bigo, cododd Sgwid ar ei liniau. Roedd yr allwedd yn gorwedd ar y gwely. Pwysodd yn ôl, rhoi'i benelin arni a gwthio'r allwedd yn dawel bach i'r llawr. Roedd hi'n rhy fawr i'w rhoi ar goes y golomen.

'Sori, golomen,' sibrydodd Sgwid a brysio i'r stafell molchi. Cydiodd yn ei fag molchi, ei gario'n ôl i'r stafell wely a bachu'r cap cawod yn slei bach. Yna esgus cribo'i wallt a'r cap cawod yn dal yn ei ddwrn, a mynd yn ôl at y cwpwrdd. 'Sori, golomen,' sibrydodd eto, a chlymu'r cerdyn am ei chefn gyda help y cap.

Aeth y golomen yn wallgo'.

'Ocê. Mae'n bryd i ti fynd nawr, neu fydd 'na ddim bwyd ar ôl i fi,' meddai Sgwid yn uchel. A'r golomen yn cuddio dan ei gesail aeth at y ffenest a'i gollwng drwy'r bwlch. Disgynnodd yr aderyn fel carreg. Daeth sŵn ratlan o rywle, sŵn ei bennau-gliniau'n crynu yn erbyn y gwydr. Yna stopiodd y crynu. Roedd y golomen yn hedfan yn herciog tuag at y cysgod llwyd yn yr adeilad gyferbyn.

Neidiodd Sgwid i lawr o'r sil, ond o gil ei lygad fe wyliodd y golomen yn hedfan i mewn i'r adeilad, a'r cysgod llwyd yn diflannu.

Ochneidiodd Sgwid yn uchel, rhag ofn bod rhywun yn gwylio ac yn gwrando, wedyn fe edrychodd ar ei oriawr a gwneud sioe o ffonio'r dderbynfa. Doedd e ddim yn disgwyl ateb, a chafodd e'r un.

Gorweddodd yn ôl ar ei wely a syllu ar y nenfwd. Syllodd ar bob centimetr, ond welodd e ddim byd. Ble oedd y camera oedd yn ei wylio? Rhaid bod un yn rhywle. Y golau bach gwyrdd ar yr oergell, falle. Darn o fwlyn drws y cwpwrdd. Ble?

Clywodd Sgwid smic o sŵn o gyfeiriad y drws. Daliodd ei anadl, ond ddigwyddodd dim byd. Ar ei nerfau oedd y bai. Estynnodd am reolwr y teledu a chlicio ar y sianel newyddion er mwyn boddi unrhyw sŵn pellach. Ar y teledu roedd llun o faes awyr Ludfield a phrotestwyr yn cael eu llusgo i ffwrdd. Yng nghefndir y llun roedd adeilad *Friendship* gyda'r sgrin fawr ddu o'i flaen. Syllu ar hwnnw oedd Sgwid, pan deimlodd awel fach ysgafn yn cyffwrdd â'i wyneb. Rholiodd ar ei gefn a gadael i'w lygaid grwydro at y drws. Dim. Na! Sbonciodd ei galon. Roedd y drws ar agor. Gallai weld y glicied yn pwyso yn erbyn y ffrâm. Rholiodd Sgwid dros ymyl y gwely, a chripian i'r oergell. Gafaelodd mewn potel o sudd afal, ac wrth ei drachtio, gwyliodd y drws.

Roedd y drws yn dal yn gilagored, dim mwy. Edrychodd Sgwid ar ei oriawr, ochneidio a mynd at y cwpwrdd dillad. Agorodd ddrysau'r cwpwrdd led y pen. Yng nghysgod y drws tynnodd bâr o sanau o'i rycsac, a mynd i eistedd ar y gwely.

Unwaith, pan oedd Sgwid tua wyth oed, roedd athrawes ddrama wedi dod i'r ysgol, ac wedi gofyn i'r plant actio gwahanol bersonau – person yn cario sach, rhywun yn tisian ac ati – ac roedd Sgwid a'i ffrind wedi cael yr hwyl rhyfedda'n actio 'person yn gwisgo'i sanau ac yn darganfod bod ganddo dwll yn un.' Roedd Sgwid, yn arbennig, wedi serennu ac wedi cael actio o flaen y dosbarth. A nawr, chwe blynedd yn ddiweddarach, dyma fe wrthi eto, yn actio y tro hwn o flaen cynulleidfa anweledig. Gwthiodd ei droed chwith i hosan, ochneidio, tynnu wyneb, ysgwyd bodiau ei draed. Wedyn, â'i drenyr yn ei law, yn ôl ag e i'r cwpwrdd i chwilio am hosan arall.

A drws y cwpwrdd yn dal ar agor fel sgrin, eiliad gymerodd hi i Sgwid godi'i rycsac a chamu allan i'r coridor. Yn sownd yn y drws gyferbyn â'r lifft roedd darn bach o bapur gwyn. Cliw? Fe ddilynodd Sgwid e beth bynnag. Heb aros i wisgo'i drenyr hyd yn oed, gwibiodd drwy'r drws a dilyn coridor oedd yn troi i'r chwith ac yn arwain at allanfa dân gil-agored. Allan ag e drwy'r drws ac â'i ên ar ei frest sgrialodd i lawr yr ysgol heibio i ffenestri cefn yr *Aldebaran* gan ddisgwyl bloedd a gweld rhywrai'n rhuthro i'w ddal yn yr iard fach islaw. Ond ddaeth neb. Mewn tri cham roedd e wedi croesi'r iard a phlymio drwy ffenest agored yr adeilad gyferbyn.

Glaniodd ar ei bedwar mewn stafell a'i llond o focsys duon gyda logo *Mood Music* ar yr ochr. Un o stordai *Stardust* oedd hwn, mae'n rhaid. I ddiogelu'r teils, ac i esgus mai swyddfa oedd y lle, roedden nhw wedi rhoi modelau yn y ffenestri. Rhwng y bocsys roedd pâr o goesau mewn trowsus du yn dod tuag ato. Trowsus ysgol du gyda rhwyg ar y ben-glin chwith!

Sbonciodd pen Sgwid fel pyped ar linyn. Neidiodd ar ei draed. O'i flaen, a'i wyneb bron o'r golwg o dan hwdi llwyd, safai'r person welodd e ar y teledu yn dilyn y criw o Barcelona. Ond nid dyn ifanc oedd e.

'Anna!' llefodd Sgwid.

'Sh, Sgwid!' sibrydodd Anna Trevena. 'Dere. Mae 'na gar yn mynd i'n codi ni. Eglura i wrthot ti wedyn.'

Gwisgodd Sgwid ei drenyr ar ras, a dilyn Anna drwy'r drws. Roedd yr adeilad yn dawel fel y bedd. Cripiodd i fyny grisiau noeth, troi i'r chwith, ac i'r dde, nes gweld drws gyda phaen o wydr uwch ei ben. Yn symud ar hyd y paen roedd cysgodion traffig.

Cydiodd Anna ym mraich Sgwid, agor y drws, a'i sgubo allan i'r stryd ac ar draws y palmant lle'r oedd car du yn arafu. Cymerodd Sgwid un cip ar y gyrrwr, a ffrwydro o'i gafael. Ddeg metr i ffwrdd roedd bws yn sefyll wrth arhosfan, a grŵp o deithwyr yn dringo'r grisiau. Roedd gan eu harweinydd fwndel o docynnau'n ei law. Carlamodd Sgwid i lawr y stryd a gwthio'i hun i ganol y grŵp. I mewn ag e i'r bws, ac wrth sleifio i'w sedd, gwelodd Anna'n camu i'r car BMW du, a'r car yn dilyn.

16

Cadwodd Sgwid ei lygad ar y car. Cyn gynted ag i'r BMW gael ei ddal gan oleuadau traffig, ac i'r bws fynd rownd cornel, disgynnodd wrth yr arhosfan gynta a phlymio drwy ddrws siop. O gysgod y silffoedd, gan anadlu fel milgi ar ddiwedd ras, fe welodd y BMW'n mynd heibio, ac Anna'n eistedd yn ymyl y dyn yn y siwt ddu.

Pam oedd Anna Trevena o bawb wedi 'i achub e o'r *Aldebaran*, ac wedyn trio'i wthio i ddwylo dyn y siwt? Pam oedd y byd wedi troi wyneb i waered?

O achos y deilsen! Rhedodd Sgwid ei fysedd ar hyd band ei drowsus, a theimlo'r darn teilsen yn swatio uwchben ei boced dde. Iawn! Roedd hi'n bryd cael sbec arall arni drwy sbectol haul Hele.

Edrychodd Sgwid o'i gwmpas. Roedd e mewn siop fferyllydd enfawr. Doedd 'na ddim toiled i'r cyhoedd, nac unman preifat – heblaw am gaban ffoto.

'Ydych chi'n gwerthu tortshys?' gofynnodd i wraig oedd yn llenwi'r silffoedd.

Arweiniodd y wraig e at gownter ym mhen pella'r siop, ac ar ôl prynu tortsh, brysiodd Sgwid at y caban. Camodd i mewn a chau'r llenni. Yn y drych gwelodd wyneb coch gwyllt gyda ffrâm o wallt oedd unwaith yn olau, ond nawr wedi 'i dywyllu gan chwys. Roedd e'n edrych fel Ronnie O'Sullivan mewn panig.

Tynnodd Sgwid anadl hir. Roedd hi'n amhosib ennill gêm

o snwcer os oedd eich dwylo'n crynu. Amhosib archwilio'r deilsen hefyd. Anadlodd yn hir eto, ac ar ôl gwisgo'r sbectol, trodd a phwyso un ben-glin ar y gadair. Wedyn fe estynnodd am y llenni glas oedd yn hongian ar draws wal gefn y caban a'u lapio amdano. Yn eu cysgod fe gododd ei grys-T a throi band ei drowsus y tu chwith. Gwthiodd Sgwid ei fysedd drwy'r bwlch lle'r oedd y pwythau wedi datod, a thynnu allan y darn o deilsen.

'Reit, deilsen,' hisiodd Sgwid. 'Rho atebion i fi.'

Agorodd ei ddwrn a chynnau'r tortsh. Herciodd pili-pala dros ei fysedd a llusgo dros y wal o flaen ei drwyn. Pwysodd Sgwid tuag yn ôl i gael mwy o le, a chynnau'r tortsh am yr eildro.

Y tro hwn chwyddodd y pili-pala a lledodd rhes o lythrennau a rhifau dros wal gefn y caban.

Adenydd angel.

Na! Disgleiriodd y tortsh a gollwng pili-pala arall.

Nid *angel* ond *anger*! 'R' oedd y llythyren olaf. Yn ei gyffro trawodd Sgwid ei benelin yn erbyn wal y caban gyda chlec swnllyd.

Adenyd d anger!

Camgymeriad? Crynodd ei law. Neu rybudd? Roedd y llythrennau olaf yn sillafu'r gair *danger.*

'Helô?' Daeth cnoc ar ochr y caban. 'Ydych chi'n tynnu llun fan'na?' gofynnodd llais llym.

'Dwi'n trio…'

Sgubwyd y llenni blaen i'r naill ochr ar yr union eiliad y disgynnodd Sgwid i'r sedd. Daeth wyneb rheolwraig y siop i'r golwg, a syllu'n gyhuddgar arno ac ar y llenni cefn blêr.

'Dwi'n trio chwilio am arian,' meddai Sgwid.

'Os nad ydych chi'n bwriadu tynnu llun …'

'Dwi yn bwriadu,' meddai Sgwid gan ymbalfalu yn ei boced.

'Dydych chi ddim i fod defnyddio'r caban hwn am unrhyw reswm heblaw tynnu llun.'

Nodiodd Sgwid yn wylaidd a dangos y darnau punt yn ei law.

'Popeth yn iawn.' Caeodd y wraig y llenni, ond wnaeth hi ddim symud o'r caban. Gan fod y llenni mor fyr, roedd Sgwid yn gallu gweld ei choesau a'i sgidiau duon. Ac roedd hi, wrth gwrs, yn gallu gweld ei draed e. Doedd dim i'w wneud ond bwydo'r arian i'r peiriant, a gobeithio y byddai hi'n symud i ffwrdd, er mwyn iddo gael sbec arall ar y deilsen.

Roedd y camera eisoes wedi fflachio unwaith, cyn i Sgwid gael syniad. Mewn chwinc fe symudodd i un ochr a dal y deilsen o flaen y sgrin. Clic. Dechreuodd y pili-pala godi. Clic. Roedd e'n ymestyn dros y sgrin. Clic.

Cododd Sgwid ar ei draed a chamu i'r siop. Gwenodd ar y rheolwraig, ond dim ond syllu'n sur wnaeth hi. Dal i edrych yn sur oedd hi pan gipiodd Sgwid y lluniau o'r peiriant. Ond wedyn, wrth weld ei wyneb cyffrous, fe wenodd hi go iawn. Doedd hi erioed wedi gweld neb mor falch o'i luniau!

Roedd Sgwid yn rhythu'n geg-agored ar y stribed luniau yn ei law.

Un llun o Sgwid Beynon yn edrych fel llyffant wedi dychryn.

Un llun o'i law yn dal teilsen.

Un llun rhyfeddol o bili-pala lliwgar yn codi rhwng ei fysedd.

A'r llun olaf! Hwnnw oedd yn gwneud i galon Sgwid guro fel drwm.

Ar y llun olaf roedd un pili-pala wedi diflannu ac un arall yn paratoi i godi. Rhyngddyn nhw, yn glir, er yn gam, roedd y llythrennau *Adenydd anger* a'r rhifau 1207.

Adenyd d ange r 1 207

Danger. Perygl. Roedd rhywbeth rhyfedd yn digwydd. Mwy na rhyfedd. Bygythiol! Mileinig! Chwaraewr snwcer oedd Sgwid, nid aelod o'r SAS. Allai e ddim delio â hyn ar ei ben ei hun. Roedd raid dweud wrth Dustin. Dylai fod dweud wrth Dustin yn y lle cyntaf.

'Ym mha gyfeiriad mae'r orsaf Tube agosa?' gofynnodd i'r rheolwraig.

Pwyntiodd y rheolwraig, a gadawodd Sgwid y siop ar frys. Claddodd ei drwyn yn ei grys-T a brysio ar hyd y palmant. Roedd hi'n ddiwedd prynhawn a siopwyr yn anelu am adre. O flaen ceg yr orsaf roedd dyn yn gwerthu'r papurau hwyrol. Neidiodd y geiriau o'i hysbysfwrdd a dawnsio o flaen llygaid Sgwid.

STARR STRUCK BY PROTESTERS.
Struck?!

Stopiodd Sgwid mor sydyn nes i'r dyn oedd yn dilyn daro yn ei erbyn. Rhegodd hwnnw'n fochaidd.

'Sori!' Cythrodd Sgwid o'i ffordd a mynd i brynu papur.

'Lucky you weren't struck too!' chwarddodd y gwerthwr.

Chlywodd Sgwid mo'r jôc. Roedd ei lygaid yn gwibio i lawr tudalen flaen y papur. Oedd Dustin wedi cael niwed? Nac oedd! Yr unig beth oedd wedi 'i daro oedd gronyn o flawd. Roedd y protestwyr ym maes awyr Ludfield wedi bod wrthi'n lluchio blawd a'r gwynt wedi ei gario i gyfeiriad *Friendship* a Dustin.

Syllodd Sgwid ar y llun o grys Dustin. Roedd hi bron yn amhosib gweld y blawd. Y *paparazzi* twp yn creu creisis o ddim byd! Plygodd y papur a phrysuro gyda'r dorf i lawr y grisiau i'r orsaf, ac yna i'r platfform prysur ac i mewn i drên oedd yn llawn dop.

Sefyll ar ei draed fuodd e nes newid i'r Ludfield Line, y lein newydd oedd yn cysylltu'r maes awyr â'r brifddinas. Roedd y trên hwnnw bron yn wag. Suddodd Sgwid i sedd lân mewn cerbyd glân, ac agor y papur.

Ynddo roedd chwe thudalen yn sôn am Ludfield – a Dustin, wrth gwrs – ac un yn unig yn sôn am Sioe SuperNova. Tybed ai bygythiad yn erbyn Ludfield oedd ar y deilsen, ac nid yn erbyn y sioe? Ystyriodd Sgwid o ddifri, cyn ysgwyd ei ben. Na. Roedd y deilsen yn sôn yn benodol am *Adenydd Angel*, a doedd gan *Adenydd Angel* ddim cysylltiad o gwbl â'r maes awyr.

Mood Music oedd y teils a ddewiswyd ar gyfer Ludfield. Nhw oedd y teils ar wal flaen *Friendship*. Fory roedd hi'n addo diwrnod cymylog, ond pan fyddai'r Arlywydd yn gwasgu botwm i agor y sgrin fawr o flaen *Friendship*, byddai'r teils yn disgleirio fel yr haul. 'Croeso cynnes!' Dyna oedd neges llywodraeth Prydain i Arlywydd Rwsia. 'Croeso cynnes, a gobeithio y gwnewch chi rannu'ch olew â ni.'

Neges bwysig iawn. Dyna pam roedd y llywodraeth wedi mynnu symud y protestwyr oedd wedi trio amgylchynu'r safle.

Plygodd Sgwid ei bapur a phwyso'n ôl i feddwl. Roedd y

protestwyr wedi gwrthwynebu'r cynlluniau ar gyfer maes awyr Ludfield o'r cychwyn cyntaf, ar sail niwed i'r amgylchfyd. Oedd Anna'n un ohonyn nhw? Oedd hi a'i mam wedi dod i Bencelyn i drio gwneud niwed i *Stardust Tiles* o achos cysylltiad y cwmni â Ludfield?

Drwy ei lygaid hanner-caeedig sylwodd Sgwid fod plismon yn ei wylio. Yn y cerbyd roedd 'na sawl plismon arall. Erbyn cyrraedd pen y daith yn Ludfield, dim ond y plismyn a Sgwid oedd ar ôl.

17

Gadawodd y plismyn y trên. Dilynodd Sgwid yn araf a'u gwylio'n brasgamu drwy ddrws gwydr. Y tu draw i'r drws roedd gatiau tocynnau, a dynion yn gwarchod.

Wrth i'r plismon ola fynd drwy'r drws, gwelodd Sgwid e'n siarad â dyn tal, main gydag osgo milwr. Trodd y dyn i edrych ar Sgwid. Yn ei ymyl roedd dyn arall gydag Alsesian ar dennyn.

Cerddodd Sgwid tuag atyn nhw. Roedd y stesion fel pin mewn papur, a doedd dim sŵn ond sŵn ei drenyrs yn gwichian ar y platfform gwag. Suodd y drws ar agor, ond cyn i Sgwid fynd drwyddo, camodd y dyn tal o'i flaen.

'Ga i wybod eich enw chi, syr?'

'Gwydion Beynon.'

'A beth yw'ch neges chi fan'ma, Gideon?'

'Dwi wedi dod i weld Dr Dustin Starr.'

'Dr Starr?' Cododd aeliau'r dyn. 'Ydy e'n eich disgwyl chi?'

'Na, ond…'

'Oes pasbort gyda chi? Neu unrhyw ddogfen i brofi pwy ydych chi?'

Gwibiodd llygaid Sgwid o un wyneb i'r llall. Chwyrnodd y ci wrth ei draed.

'Na…'

'Cerdyn banc?'

'Na,' meddai Sgwid ar unwaith. Enw Mrs Dilys Beynon oedd

ar ei gerdyn banc. 'Na, ond mae Dad yn gweithio i *Stardust Tiles*. A bydd Dustin Starr yn fy nabod i.'

'Enw'ch tad?'

'Idris Beynon?'

'Sut mae sillafu'r enw cyntaf?'

'I-d-r-i-s.'

'Enw Arabaidd?'

'Na,' meddai Sgwid. 'Wel ydy, mae e'n enw Arabaidd, ond mae e'n enw Cymraeg hefyd. Cymro yw dad.'

Tynnodd y dyn y rycsac o gefn Sgwid a'i roi i hyfforddwr y ci. Agorodd yr hyfforddwr y rycsac a'i roi o dan drwyn yr Alsesian. Cyfarthodd y ci'n uchel. Estynnodd yr hyfforddwr i'r bag, tynnu pêl allan a'i hestyn i'r dyn tal.

'Beth yw hwn, Gideon?'

'Pêl i lanhau'r amgylchfyd.'

'I lanhau'r amgylchfyd, ife?'

Ochneidiodd Sgwid o dan ei wynt. Nawr roedden nhw'n mynd i feddwl ei fod e'n brotestiwr.

'Bues i yn Sioe SuperNova, ac fe ges i'r bêl fan'ny.'

'Sioe SuperNova? Dyw hi ddim yn dechrau tan fory.'

'Ond mae Dad yn gweithio i *Stardust*.'

'Syr!' Roedd yr hyfforddwr wedi darganfod y tortsh, papur lapio'r tortsh a'r dderbynneb. Edrychodd y dyn tal yn ofalus ar y dderbynneb, a gadael i'w lygaid sgubo'n araf dros wyneb Sgwid.

'Awr yn ôl fe brynoch chi dortsh?'

'Do.'

'Pam?'

Oedodd Sgwid.

'Pam?' cyfarthodd y dyn.

'Ach…' Ochneidiodd Sgwid yn uchel y tro hwn. 'Achos ro'n i eisiau dangos rhywbeth i Dustin Starr.'

'Rhywbeth?'

'Rhywbeth yn ymwneud ag *Angel Wings*.'

'Cyfrinach? Fe allwch ymddiried ynddon ni.'

Ymbalfalodd Sgwid yn ei boced, tynnu allan y stribed o

luniau a'i rhoi i'r dyn. Doedd ganddo ddim dewis.

'Be...?' ebychodd y dyn.

'*Angel Wings,*' sibrydodd Sgwid. 'Chi'n gweld y darn o deilsen yn y llun. Darn o *Angel Wings* yw e. Os disgleiriwch chi'r tortsh ar y deilsen, dyna sy'n digwydd.' Pwyntiodd at lun y pili-pala'n codi rhwng ei fysedd.

Chwibanodd yr hyfforddwr.

Dim ond syllu wnaeth y llall.

'Ar y llun ola...'

'Y llun ola?' Cododd y dyn tal y stribed, fel bod y llun ola o flaen ei drwyn.

'Mae'r llun ola'n dweud *danger,*' meddai Sgwid. 'Ar ôl i Dad fynd i Lundain fe ddigwyddes i ffeindio'r deilsen hon yng ngardd drws nesa. Dwi'n meddwl bod rhywun yn cynllwynio yn erbyn *Stardust Tiles.* Dyna pam o'n i eisiau siarad â Dustin.'

Am rai eiliadau ddwedodd y dyn tal 'run gair wrth i olwynion ei ymennydd droi.

'Rhaid i ni gael gafael ar Dr Starr 'te,' meddai o'r diwedd, cyn symud o'r neilltu a gadael i Sgwid gamu drwy'r drws.

Byseddodd Sgwid ei docyn trên gan feddwl ei fwydo i un o'r gatiau disglair oedd yn sefyll yn rhes o'i flaen, ond doedd dim rhaid. Roedd un gât ar agor led y pen. Llywiodd y dyn tal e drwyddo.

'Arhoswch chi fan hyn, Gideon. Fydda i ddim yn hir,' meddai.

Arhosodd Sgwid gyda'r ci a'i hyfforddwr. Roedd gorsaf Ludfield yn sgleinio, yn wydr i gyd, ac yn arogli o awyr iach a blodau'r gwanwyn. Tybed a oedd 'na beiriant yn chwythu'r arogleuon hynny? meddyliodd Sgwid.

O flaen y ffenestri gorweddai'r maes awyr glân a llonydd. Ar hyd ei ochr dde roedd rhes o hofrenyddion yr heddlu. Gyferbyn â nhw safai'r prif adeilad, ar ffurf cragen fawr o ddur a gwydr, a'r tŵr rheoli yn ymyl.

Camodd Sgwid i'r chwith a chwyrnodd y ci.

'Dim ond edrych am adeilad *Friendship* ydw i,' meddai Sgwid yn frysiog.

Closiodd yr hyfforddwr ato, a phwyntio at rywbeth tebyg i

focs du enfawr tua hanner milltir i ffwrdd. 'Waaaaaw!' sibrydodd
Sgwid. Er ei fod wedi gweld lluniau, roedd hi'n anodd dychmygu
pa mor fawr oedd y 'bocs' heb ei weld â'i lygaid ei hun. 'Waw!'
sibrydodd eto. Roedd e'n cofio'r Aelod Seneddol lleol yn dod i agor
adeilad newydd Ysgol Gynradd Pencelyn. Dim ond tynnu cortyn
wnaeth hwnnw, a dadorchuddio plac bach. Ond roedd Dustin wedi
trefnu i ddadorchuddio adeilad cyfan. Pwy ond Dustin fyddai wedi
meddwl am y fath beth, heb sôn am helpu i gynllunio'r sgrin? Parch
unwaith eto i Dustin Starr!

Roedd y wên o ryfeddod yn dal ar wyneb Sgwid, pan glywodd
e ddrws yn agor a gweld y dyn tal yn dod yn ôl tuag ato.

'Ydych chi wedi cael gafael ar Dr Starr?' galwodd yn eiddgar.

'Yn anffodus dyw Dr Starr ddim ar y safle ar hyn o bryd,'
atebodd y dyn, gan ddod i sefyll yn ymyl Sgwid a gafael yn ei
benelin. 'Mae e wedi mynd draw i stiwdio'r BBC, ond fe fydd e yma
cyn nos.'

'Cyn nos?' Edrychodd Sgwid ar ei oriawr. Fyddai hi ddim yn
nosi am deirawr. 'Fe a' i draw i'r stiwdio 'te...'

'Na.' Yn sydyn roedd llaw'r dyn wedi tynhau am ei fraich, a'r
Alsesian yn ei wylio'n eiddgar a'i glustiau i fyny. 'Fe gewch chi aros
gyda ni. Mae Dr Starr yn gwybod eich bod chi yma.'

'Ond os a' i draw i'r stiwdio, fe alla i arbed amser,' protestiodd
Sgwid gan drio tynnu'i fraich yn rhydd. 'Dwi ddim...'

Chwyrnodd y ci a thynnu ar ei dennyn.

'Symud!' meddai'r dyn. 'Neu wyt ti am i fi roi cyffion arnat
ti?'

'Ond...'

Cyn i Sgwid sylweddoli beth oedd yn digwydd, roedd yr
hyfforddwr wedi rhoi cic i'w goesau. Wrth iddo faglu tuag yn ôl,
fe gipiwyd ei draed oddi tano ac o fewn dim roedd e'n cael ei gario
drwy'r adeilad fel rholyn o garped, gydag wyneb y ci o fewn trwch
blewyn i'w wyneb e. Cariwyd e i mewn i lifft, a'i ollwng ar y llawr.

'Mae hyn yn wallgo,' rhuodd Sgwid, gan straffaglu ar ei draed.
'Wnaethoch chi gael gafael ar Dr Starr go iawn? Dwi'n nabod Dr
Starr!'

Dim ateb. Roedd y dynion wedi troi'n ddau robot. Fel reffarîs mewn gêm snwcer. Ddwedon nhw ddim gair, dim ond syllu'n syth o'u blaenau, a rhoi hwb fach iddo pan stopiodd y lifft ar y trydydd llawr. Wedyn hwb arall i mewn i gell fach.

Ddwedon nhw ddim gair chwaith wrth archwilio cynnwys ei bocedi, ei ffrisgio a mynd â'i oriawr. Nac ychwaith wrth fynd allan a chloi'r drws ar eu holau. Atebon nhw ddim un cwestiwn, dim ond agor y twll yn y drws a dweud wrtho am fod yn amyneddgar. Gwrandawodd Sgwid ar sŵn eu traed yn clecian i lawr y coridor, ac yna tawelwch.

18

Am yr eildro mewn diwrnod roedd Sgwid yn garcharor. A'r tro hwn roedd e mewn cell go iawn, er o leia roedd 'na doiled mewn stafell fach ar wahân.

Yr unig gelfi oedd gwely caled, cadair fach blastig a bwrdd bach wedi 'i sgriwio i'r wal.

Dim teledu.

Dim bwyd.

A dim ond un ffenest fach gul, yn uchel i fyny a thua'r un maint â'r hollt mewn wal castell.

Dringodd Sgwid ar y gadair, a phwyso'i drwyn ar wydr cryf y ffenest. Doedd dim i'w weld ond y maes awyr llonydd, a thwr o blismyn neu filwyr yn cripian fel llygod mawr heibio'r ffensys. 'Friendship?' snwffiodd. 'Dylen nhw newid enw'r lle 'ma i Battlefield.' Roedd yr olygfa y tu allan yn ei atgoffa o ffilm ryfel, neu ffilm o ddiwedd y byd. Ych! Crynodd a neidio i'r llawr, wedyn sefyll a gwingo fel pyped ar linyn. Allai e ddim aros yn llonydd. Beth allai e wneud? Fe âi'n wallgo'!

Ddeg munud yn ddiweddarach, pan edrychodd y dyn tal drwy'r twll yn nrws y gell, fe ddychrynodd a rhuthro i mewn. Trawodd pêl yn erbyn ei droed a sboncio dros ei esgid.

'Sori,' meddai Sgwid, er doedd e ddim yn teimlo'n sori o gwbl. Pâr o sanau drewllyd oedd y bêl — y sanau roedd e newydd eu tynnu oddi ar ei draed — ac roedd e wedi 'i tharo gyda'r 'ciw', sef cadair blastig. 'Dwi'n chwarae snwcer,' eglurodd wrth y dyn oedd yn edrych yn ddrwgdybus iawn ar y gadair yn ei law.

Rhoddodd Sgwid y gadair ar y llawr, a rhoi'r sanau yn ei boced.

'Mae bwyd fan hyn i ti,' meddai'r dyn yn sych. Aeth yn ôl i godi'r hambwrdd oedd ar y llawr y tu allan i'r drws. Ar yr hambwrdd roedd brechdan gaws, gwydraid o sudd oren ac oriawr Sgwid. Estynnodd yr oriawr i Sgwid. 'Mae gweddill dy stwff di yn y swyddfa lawr stâr.'

Nodiodd Sgwid ac edrych ar ei oriawr. Ugain munud wedi chwech. Rhoddodd yr oriawr am ei arddwrn. Roedd y dyn wedi rhoi'r hambwrdd ar y bwrdd bach.

'Rydyn ni wedi e-bostio'r llun ohonot ti yn y caban ffoto i Dr Starr,' meddai. 'Mae e'n cadarnhau mai ti wyt ti. Ond mae e'n dweud ei fod e wedi gweld llun gwell ohonot ti.'

Os oedd Sgwid i fod chwerthin, wnaeth e ddim. Newydd gael gafael ar Dustin oedden nhw, mae'n amlwg. Felly roedden nhw wedi dweud celwydd wrtho'n gynharach.

'Ydw i'n cael mynd nawr?' gofynnodd.

'Mae Dr Starr wedi gofyn i ti aros fan hyn. Mae e ar ei ffordd.'

'Chi'n siŵr?'

'Siŵr. Fe e-bostion ni'r lluniau eraill ato hefyd,' meddai'r dyn yn dawel. 'A bod yn onest, ro'n i'n meddwl mai jôc oedd y llun o'r gair *danger*, ond yn ôl Dr Starr, dwyt ti ddim y math o berson fyddai'n chwarae triciau dwl. Ydy e'n iawn, Gwydion?'

'Yd...' Hoeliodd Sgwid ei lygaid ar y dyn. 'Sut dysgoch chi sut i ddweud fy enw i?'

'Ces i wers gan Dr Starr.'

Chwarddodd Sgwid.

'Mae e'n ofidus iawn ynglŷn â'r darn teilsen.'

Diflannodd gwên Sgwid.

'Ble mae'r darn, Gwydion?'

Atebodd Sgwid ddim. Allai e ddim trystio'r dyn.

'Ble?'

'Mae e wedi 'i guddio'n rhywle saff, a bydda i'n ei roi i Dr

Starr.'

'Gwydion ...'

'Mae llun y deilsen gyda chi.'

'Ydy, ond…' Tagodd Sgwid ac edrych o'i gwmpas mewn braw. Uwch ei ben roedd sŵn rhuo mawr a'r adeilad yn crynu o'i ben i'w draed. Ebychodd y dyn tal a rhoi naid at y ffenest wrth i gysgod du ledu drosti. Erbyn i'r cysgod ddiflannu, roedd pob asgwrn yng nghorff Sgwid yn ratlan, a'i galon fel marblen mewn peiriant sychu.

'Dr Starr!' meddai'r dyn. 'Hofrennydd Dr Starr oedd hwnna. Iesgyrn, mae e'n hedfan yn isel.' Arhosodd nes i'r sŵn ddistewi, cyn troi at Sgwid. Erbyn hynny, roedd ei wyneb yn hollol lonydd. 'Fe gei di ddweud dy stori wrth Dr Starr nawr. Fe fydd e yma mewn munud.'

Nodiodd Sgwid. Allai e wneud dim mwy. Roedd ei geg yn sych.

Craffodd y dyn arno. 'Dwyt ti ddim yma i achosi trwbwl wyt ti, Gwydion?'

'Na.' Cliriodd Sgwid ei lwnc.

'Rwyt ti'n sylweddoli pa mor bwysig yw ymweliad yr Arlywydd, yn dwyt? Mae 'na ddigon o bobl fyddai'n falch o weld pethau'n mynd o chwith. Nid protestwyr gwyrdd yn unig, ond pobl sy eisiau gweld rhwyg rhyngddon ni a Rwsia. Os bydd hynny'n digwydd, dyna ddiwedd ar ran helaeth o'n cyflenwad olew a nwy ni. Heb sôn am broblemau eraill ar draws y byd.'

'Dwi yn deall,' meddai Sgwid yn gadarn. 'Ond does gan y deilsen ddim cysylltiad â Ludfield, dim ond â Sioe SuperNova.'

'Mi fydd yr Arlywydd yn ymweld â'r ddau le.'

'Bydd, ond…'

'Beth bynnag, mae'n bwysig dy fod ti'n dweud y gwir.'

'Fe wna i,' mynnodd Sgwid.

'Dere 'te.' Sgubodd y dyn e drwy'r drws ac ar hyd y coridor. Yn y lifft, cyfarthodd i declyn ar ei arddwrn, 'Andrews yma. Dwi a Gwydion Beynon ar ein ffordd i lawr. Hysbyswch Dr Starr.'

Andrews, meddyliodd Sgwid. O leia' dwi'n gwbod ei enw. Cipedrychodd ar y dyn. Dyn main ond cryf, ei groen yn grychau i gyd, ei lygaid yn las ac yn dreiddgar, a'i wallt wedi 'i eillio. Pwy oedd e? I bwy oedd e'n gweithio? Roedd Ludfield ar gyrion Llundain, ac eto'n teimlo fel gwlad ar ei phen ei hun.

Erbyn iddyn nhw gyrraedd y cyntedd roedd yr hofrennydd wedi glanio yn ymyl *Friendship*. Ddwy funud yn ddiweddarach fe sgrialodd car trydan i stop o flaen yr orsaf, a neidiodd ffigwr cyfarwydd allan.

'Dustin,' sibrydodd Sgwid, a theimlo ton o ryddhad.

Lonciodd Dustin at y drws yn ei ddillad duon a'i gynffon o wallt yn cyhwfan yn yr awyr. Fe welodd e Sgwid ar unwaith a chodi'i law. Chwifiodd Sgwid yn ôl a throdd pob llygad i edrych arno. Parch. *Respect.* Nid bachgen pedair ar ddeg oed oedd e mwyach, ond ffrind Dustin Starr.

Agorwyd y drws gan blismon, a chwyrlïodd Dustin i mewn i'r orsaf fel corwynt, a'i adlewyrchiad yn neidio o ffenest i ffenest.

'S'mae, Gwydion?' galwodd yn llon, gan anelu'n syth am Sgwid a gafael yn ei ysgwyddau. 'Ti'n iawn, hen ffrind?'

'Yd...' meddai Sgwid, a phanicio'n sydyn. Doedd e ddim wedi ymddwyn fel ffrind i Dustin. 'Dylwn i fod wedi dweud wrthoch chi am y deilsen, pan ffonioch chi.'

'Ond roeddet ti'n meddwl mai dy dad oedd wedi 'i cholli hi, yn doeddet?' meddai Dustin, gan syllu'n dosturiol i fyw ei lygaid.

Nodiodd Sgwid.

'Paid â phoeni, Gwyd boi. Fe wnest ti waith da.' Gollyngodd Dustin ei afael a throi at Andrews oedd yn gwrando heb ddeall gair. 'Cymro Cymraeg yw Gwydion,' eglurodd, 'ac rydyn ni wastad yn siarad yr heniaith.'

Nodiodd Andrews yn wylaidd.

'Gawn ni sgwrs fach yn nes ymlaen, Gwyd,' meddai Dustin. 'Dwi'n meddwl bod 'na bobl yn disgwyl amdanon ni nawr. Ydyn nhw, Andrews?'

'Ydyn, syr. Maen nhw yn y stafell bwyllgor ar y trydydd llawr.'

''Mlaen â ni te.' Pwysodd Dustin ei law'n galonnog ar ysgwydd Sgwid.

Wrth gerdded tuag at y lifft, gwelodd Sgwid blismyn yn

plygu'u pennau fel petai brenin yn mynd heibio. Y brenin Dustin.
Ac eto doedd Dustin fawr hŷn na'i ddwy chwaer. Pan ddaeth e i
Bencelyn gynta, roedd Bethan a Non wedi cael *crush* arno, nes i Dad
roi stop ar eu dwli.

'Glywest ti wrth dy fam a dy dad wedyn?' gofynnodd Dustin.

'Na.'

'Na? Dwedes i wrthyn nhw dy fod ti yn Llundain.'

'Chi wedi siarad â nhw?' Gwenodd Sgwid mewn rhyddhad.

'Ro'n nhw'n mynd i dy ffonio.'

'Aeth rhywun â fy ffôn i.'

'O!' Ochneidiodd Dustin. 'Hen le digywilydd yw'r ddinas
'ma.'

'Yn yr *Aldebaran*. Fe ddygodd rhywun fy ffôn i yn yr
Aldebaran.'

'Yn yr *Aldebaran*?' Safodd Dustin yn stond.

'Do, a...' O gil ei lygad gwelodd Sgwid Andrews yn agor
drws y lifft. 'A ches i fy nghloi mewn stafell.'

'Be? Yn bwrpasol?'

'Syr!' Andrews oedd yn galw.

Nodiodd Sgwid yn frysiog.

'Syr!' meddai Andrews, a mynnu bod y ddau yn mynd i
mewn i'r lifft.

Wrth i'r lifft godi, pwysodd Dustin yn erbyn y wal a syllu'n
ddwys ar y llawr. Ddwedodd neb air. Canolbwyntiodd Sgwid ar
batrwm tei Dustin yn y drych gyferbyn. Patrwm go debyg i'r un
yng nghylchgrawn Reta. Llun bocs du, sef adeilad *Friendship*, o dan
awyr y nos, gyda'r dyddiad oddi tano.

Pan stopiodd y lifft, aeth Andrews â Dustin a Sgwid i stafell
bwyllgor fach. Roedd y llenni ynghau, ac yn eistedd wrth fwrdd
yn disgwyl amdanyn nhw roedd dwy wraig ganol oed a phedwar o
ddynion. Clôdd Andrews y drws ar eu holau a sefyll o'i flaen.

Cododd y chwech wrth y bwrdd ac ysgwyd llaw â Dustin
Starr. Mynnodd Dustin eu bod nhw'n ysgwyd llaw â Sgwid hefyd.

'Dyma Gwydion Beynon,' meddai. 'Pencampwr snwcer
a mab fy ffrind Idris Beynon, rheolwr *Stardust*. Bachgen call a

chydwybodol, os ca i ddweud.'

Hoeliwyd pob llygad yn y stafell ar Sgwid.

Doedd Sgwid ddim yn teimlo'n gall o gwbl. Roedd e'n teimlo fel pêl snwcer yn cael ei tharo o un man i'r llall. Pwy oedd y bobl 'ma o'i flaen? MI5?

'Eisteddwch, Gwydion,' meddai'r gadeiryddes, gwraig mewn siwt ddu gyda broitsh mawr gwyrddlas yn disgleirio fel llygad ar ei chot.

Rhoddwyd Sgwid i eistedd ar gadair un pen i'r bwrdd. Eisteddodd Dustin y pen arall, a'r lleill dri bob ochr. Cododd y gadeiryddes ffeil a thynnu llun allan. Y pedwerydd llun o'r caban ffoto wedi ei chwyddo i fyny. Estynnodd gopi i bob un.

'Chi dynnodd y llun yma, ife, Gwydion?'

'Ie,' atebodd Sgwid.

'Llun o hologram yn codi oddi ar ddarn o deilsen, fel dwi'n deall?'

'Ie.' Edrychodd Sgwid ar Dustin.

'Popeth yn iawn,' meddai Dustin yn dawel. 'Dwed ti'r cyfan.'

'Ie, dwedwch y cyfan o'r dechrau, Gwydion.'

Dechreuodd Sgwid ar ei stori. Roedd ei lais yn atsain yn rhyfedd yn ei glustiau, ond fe hoeliodd ei lygaid ar wyneb Dustin a chadw i fynd. Er mor od oedd ei stori, roedd pawb wrth y bwrdd yn gwrando'n ddwys ac yn astud. Adroddodd yr hanes, o'r foment y gwelodd e'r pili-pala'n codi o bwll dŵr drws nesa, hyd at y foment y cafodd e 'i ryddhau o'i gell i lawr y coridor a mynd i gwrdd â Dustin.

Ddwedodd neb air, ofynnodd neb gwestiwn nes i'r stori ddod i ben. Yna: 'Gwydion bach!' meddai Dustin yn floesg. 'I feddwl 'mod i wedi dy anfon di i'r *Aldebaran*. Rhaid i'r heddlu fynd i'r gwesty ar unwaith.'

'Maen nhw eisoes ar ei ffordd,' meddai'r gadeiryddes, gan nodio i gyfeiriad meicroffon ar y wal. 'Nawr beth am y ferch 'ma, Anna Trevena? Oeddech chi'n ei nabod hi, Dr Starr?'

'Na,' meddai Dustin. 'Weles i erioed mohoni, er dwi'n cofio clywed Idris, tad Gwydion, yn sôn am ei diflaniad.'

'Beth allwch chi ddweud wrthon ni amdani, Gwydion?'

Trodd y gadeiryddes ato.

Edrychodd Sgwid ar Dustin.

'Roedd hi'n ffrind i ti, yn doedd?' meddai Dustin. 'Felly, mae'n anodd i ti gario clecs…'

'Ond yn hanfodol bwysig,' torrodd y gadeiryddes ar ei draws. 'Er lles pawb.'

Nodiodd Sgwid yn ddiflas. Doedd 'na fawr iawn i'w ddweud am Anna yn y diwedd, dim ond ei bod hi a'i mam wedi dod i Bencelyn ac wedi diflannu fel sêr gwib, a'i bod hi'n hoffi gêm o snwcer. Fe ddisgrifiodd hi orau gallai.

'A beth am y dyn oedd gyda hi, Gwydion? Yr un ddilynodd chi o Bencelyn? Ydych chi'n cofio'i weld e cyn i chi ei gyfarfod wrth y pwll dŵr?'

'Na.'

'Siŵr? Welsoch chi mohono fe'n ymweld â'r tŷ drws nesa.'

'Naddo.'

'Iawn. Wel, yn y man dwi am i chi roi disgrifiad manwl ohono i un o'n harbenigwyr, er mwyn i ni gael creu llun fideo-ffit. Fe gaiff Elma Holborn a'r merched o Estonia roi disgrifiad hefyd.'

'Ydych chi'n mynd i'w holi nhw?' gofynnodd Sgwid mewn braw.

'Fe ddwedsoch chi eu bod nhw wedi gweld y dyn, yn do?'

'Do, ond dwi ddim eisiau achosi trwbwl iddyn nhw.'

'Ynglŷn â'r merched o Estonia,' meddai rhyw lipryn o ddyn, gan anwybyddu protest Sgwid. 'Wnaethon nhw gyfeirio at Ludfield o gwbl?'

'Na…wel, falle. Roedden nhw'n edrych ar lun Dustin a'r Arlywydd yn y cylchgrawn.'

Edrychodd yr oedolion yn awgrymog ar ei gilydd.

'Beth am Rwsia? Sonion nhw am Rwsia? Roedd Estonia'n arfer perthyn i Rwsia, ac mae rhai'n teimlo'n gas tuag at y Rwsiaid o hyd.' Craffodd y dyn ar Sgwid.

'Wel…' Cododd Sgwid ei ysgwyddau. 'Dwedon nhw mai Dustin ddylai agor Sioe SuperNova ac nid yr Arlywydd, ond…'

'Ond?'

'Jôc oedd hynny.'

'A ddwedon nhw ddim byd arall?'

'Na!' Celwydd noeth. Roedd y merched wedi sôn am eu neiniau a'u teidiau'n amddiffyn Estonia yn erbyn Rwsia. Ond roedd Sgwid yn cofio sut dwedon nhw hynny. Yn ysgafn. Hen hanes oedd e. Wnâi'r criw wrth y bwrdd ddim credu hynny. Roedden nhw'n gweld twyll ym mhobman.

'Wnaethon nhw roi rhywbeth i ti?' gofynnodd y dyn nesaf at Dustin, dyn mewn crys polo, a'i siaced ledr yn hongian dros gefn ei gadair. 'Rhoi rhywbeth i ti ei gario?'

'Na.'

'Roddodd neb ddim byd i ti heddi?'

'Na.'

'Beth am hon?'

Syllodd Sgwid. Roedd y dyn wedi tynnu pêl o'i frîffces a'i rhoi ar y bwrdd.

'Wyt ti'n nabod hon?'

'Ydw,' mwmialodd Sgwid. 'Honna yw pêl yr Eco-Gecko.'

'Ac fe gest ti hon gan rywun?'

'Mae stondin gan Eco-Gecko yn Sioe SuperNova. Ro'n i'n digwydd sefyll yn ymyl y stondin, ac fe roddodd y dyn hi i fi. Ro'n i wedi meddwl ei rhoi hi'n ôl, ond fe ganodd y ffôn – Dustin oedd ar y ffôn – ac anghofies i.'

'Ac anghofio dweud wrthon ni?'

'Ro'n i wedi sôn amdani o'r blaen wrth Andrews.' Trodd Sgwid at Andrews, ond ddwedodd hwnnw ddim gair.

'Dwi'n cymryd mai nwyddau ecolegol oedd ar stondin yr Eco-Gecko?' meddai dyn y got ledr.

'Ie.'

'Stondin gwyrdd, felly?'

'Ie.'

'Ac fe ddigwyddest ti aros yn ymyl y stondin hwnnw?'

'Do. Roedd e'n ymyl stondin *Stardust*.'

'Felly fe sleifiest ti i mewn i Sioe SuperNova heb ganiatâd, digwydd sefyll yn ymyl y stondin gwyrdd a digwydd cael pêl gan y stondinwr?' meddai'r dyn.

'Do,' meddai Sgwid. 'Pêl i lanhau'r amgylchfyd yw hi. Os saethwch chi hi i'r awyr, bydd hi'n sugno mwg a nwyon ac ati. Wel...' Crynodd ei lais. Doedd ganddo ddim prawf mai pêl i lanhau'r amgylchfyd oedd hi. Beth os mai tric oedd e? 'Wel, dyna ddwedodd y stondinwr, ta beth.'

Agorodd y dyn ei geg i ofyn cwestiwn arall, ond torrodd Dustin Starr ar ei draws.

'Dwi'n gyfarwydd â stondin Eco-Gecko,' meddai. 'Fel dwedodd Gwydion, mae hi yn ymyl fy stondin i. A dwi wedi gweld y peli yma ar y stondin.'

Gwenodd y dyn yn oeraidd, heb symud ei lygaid oddi ar wyneb Sgwid.

'Ac rwyt ti'n cefnogi achosion gwyrdd?' gofynnodd, fel pe bai Dustin Starr heb ddweud gair.

'Wel...'

'Wyt ti?'

'Dwi'n meddwl bod pawb, i ryw raddau,' meddai Sgwid. 'Ond dwi hefyd o blaid Ludfield. Dwi'n mynd dramor yn aml, felly dwi'n meddwl bod angen maes awyr newydd.'

'Beth am dy rieni?' gofynnodd y dyn.

'Be?'

'Beth yw eu teimladau nhw?'

'Ynglŷn â Ludfield?' meddai Sgwid, gan wylltio. 'Wel, maen nhw'n cefnogi Ludfield, wrth gwrs. Mae Dad yn gweithio i *Stardust*.'

'Iawn,' meddai'r gadeiryddes yn fwyn. 'Wel, dwi'n meddwl ei bod hi'n bryd i ni weld y deilsen yma. Gwydion?'

Estynnodd Sgwid i'w boced. Roedd e wedi symud y deilsen o'i chuddfan wreiddiol rhag ofn i'r heddlu ei ffrisgio eto, a'i ffrisgio'n fwy manwl yr eildro. O flaen y criw yn eu siwtiau a'u dillad trwsiadus tynnodd allan belen o sanau brwnt. Datododd y belen, troi un o'r sanau y tu chwith, a gadael i ddarn o deilsen lithro i'w ddwrn. Yna fe estynnodd ei ddwrn at y lamp yn y nenfwd, a'i agor.

O gwmpas y bwrdd clywyd chwech ochenaid, a chwe chadair yn gwichian.

'O, Dr Starr!' meddai'r gadeiryddes, a syllu mewn rhyfeddod ar bili-pala bach lliwgar. 'Dr Starr, rydych chi'n anhygoel o glyfar!'

'Ond mae rhywun arall yn glyfar hefyd,' meddai Dustin yn dawel, wrth i gynffon o lythrennau a rhifau droelli a diflannu. 'Rhywun sy wedi llwyddo i roi neges ar y deilsen.' Estynnodd ei law.

Pasiwyd y deilsen o un i'r llall nes cyrraedd Dustin. Tynnodd Dustin dortsh main o'i boced, codi ar ei draed ac amneidio ar Andrews i ddiffodd y golau. Yn y tywyllwch cliciodd y tortsh, a disgynnodd pelydryn llachar ar y deilsen. Fel jîni o lamp Aladin, cododd pili-pala clir a lliwgar a llithro dros y wal y tu ôl i Dustin.

O dan y pili-pala lledaenodd geiriau a rhifau.

Adenyd d ange r 1 207

'Eto, os gwelwch yn dda, er mwyn i Smith gael ffilmio,' meddai'r gadeiryddes.

Cododd dyn â gwallt pigog brith ar ei draed ac anelu camera at Dustin. Mewn tawelwch perffaith caeodd Dustin ei ddwrn a'i agor bedair gwaith.

'Diolch, Dr Starr,' meddai Smith.

Curodd pawb arall eu dwylo. Eisteddodd Dustin i lawr. Gwasgodd Smith fotymau'r camera, ac ymddangosodd llun llonydd o'r pili-pala a'i neges ar y wal.

'Dwi'n deall mai cyfieithiad Cymraeg o *Angel Wings* yw'r ddau air yna,' meddai'r gadeiryddes.

'Oni bai bod yr 'l' yn angel wedi newid i 'r',' meddai Dustin.

'*Danger*, felly. Beth am y rhifau?'

'Dyddiad?' awgrymodd y dyn â'r got ledr. 'Gorffennaf 12fed?'

'Neu amser,' awgrymodd Dustin. 'Saith munud wedi deuddeg.'

'Be sy'n digwydd fory am saith munud wedi deuddeg?' meddai'r gadeiryddes.

'Bydd yr Arlywydd yn agor Sioe SuperNova am ddeuddeg,' atebodd y wraig arall. 'Bydd e'n dal yn y neuadd am saith munud wedi. Bydd e'n cael ei lun wedi 'i dynnu ac ati.'

Edrychodd y ddwy wraig ar ei gilydd, a throdd y gadeiryddes at Sgwid.

'Diolch yn fawr iawn i chi am eich help, Gwydion Beynon,' meddai. 'Nawr fe gaiff Andrews fynd â chi at George, yr arbenigwr, i wneud y fideo-ffit.'

Cododd Sgwid. Roedd hi'n amlwg fod pawb am gael gwared ohono. Taflodd gipolwg i gyfeiriad Dustin.

'Fe wela i ti yn y man,' meddai Dustin gyda winc fach galonnog.

Nodiodd Sgwid ac anelu am y drws. Cyn iddo'i gyrraedd, galwodd y gadeiryddes, 'O arhoswch funud. Rydych chi wedi gadael rhywbeth ar ôl.'

Taflodd rywbeth tuag ato.

Ei sanau brwnt!

19

Roedd Sgwid wedi gwisgo'r sanau ac wedi gorffen y fideo-ffit, cyn i Dustin lwyddo i ddianc o'r stafell bwyllgor. Roedd e'n eistedd mewn swyddfa fach yn bwyta brechdan gaws – un ffres – gan fod Andrews newydd gofio na chafodd e ddim amser i fwyta'r bwyd yn ei gell.

'O, fan hyn wyt ti!' meddai Dustin, gan sgubo i mewn i'r stafell. 'Wedi gorffen yn barod?'

'Ydw.'

'Fe fuest ti'n gyflym.'

'Doedd e ddim yn teimlo'n gyflym,' meddai Sgwid. Er ei fod wedi trio'i orau glas i ddisgrifio'r dyn yn yr ardd drws nesa i George, roedd y siâp wyneb cyntaf ddaeth lan ar y sgrin yn hollol anghywir. Ond rywsut roedd e a George wedi llwyddo i ledu, ystwytho, newid fan hyn a newid fan draw, ac o dipyn i beth wedi llwyddo i greu wyneb oedd wedi gyrru ias i lawr meingefn Sgwid. Dwedodd e hynny wrth Dustin.

'Go dda.' Trodd Dustin at Andrews oedd yn sefyll wrth gwpwrdd ffeiliau. Yn ei law roedd ffeil *Persons with Authorised Access to Ludfield Site A-H*, ac roedd e newydd lenwi ffurflen fyddai'n caniatáu i Sgwid gael trwydded. 'Popeth yn iawn?' gofynnodd.

'Ydy.' Dangosodd Andrews y ffurflen. Arni roedd llun o Sgwid, nid y llun wyneb llyffant o'r caban ffoto, ond llun roedd e newydd ei dynnu. 'Dwi wedi gyrru copi o hon i'r swyddfa drwyddedu. Bydd

y drwydded i Gwydion yn barod mewn munud. A dwi wedi gyrru'r
fideo-ffit at bawb sy'n gwarchod y safle.'

'Gwych.' Aeth Andrews allan ac eisteddodd Dustin ar ymyl y
ddesg. 'Dwi wedi trefnu i ti ddod draw i aros y nos yn *Friendship* ata
i,' meddai wrth Sgwid. 'Mae gen i fflat fach fan'ny.'

'Diolch.' Gwenodd Sgwid a llyncu'r briwsionyn olaf o'r
frechdan. 'Ydych chi'n meddwl y gallwn i ffonio Mam a Dad gynta?'
gofynnodd.

'Wrth gwrs.' Tynnodd Dustin ei ffôn o'i boced a'i estyn.
'Ond cofia fod popeth sy wedi digwydd yn y swyddfa lan stâr yn
gyfrinachol. Paid â dweud gair, wnei di?'

'A!' Syllodd Sgwid ar y ffôn. Sut oedd siarad â Mam a Dad
heb sôn am beth oedd wedi digwydd lan stâr? Mi fyddai'r ddau
eisiau gwybod pam yn y byd oedd e wedi dod i Lundain, ac roedd
hi mor anodd eu twyllo nhw ag oedd hi i dwyllo Mam-gu.

'Wyt ti am eu tecstio nhw yn lle?' gofynnodd Dustin.

'Ocê. Diolch.'

Cymerodd Sgwid y ffôn a thecstio: Aros gyda Dustin. Wela i
chi fory. Pob lwc. G

Gwibiodd y neges i'r gofod, ac ochneidiodd Sgwid.

'Hei! Paid â phoeni!' meddai Dustin, gan roi'r ffôn yn ôl yn
ei boced.

'Ydych chi'n meddwl y bydd popeth yn iawn yn Sioe
SuperNova?' gofynnodd Sgwid.

'Bydd popeth yn iawn,' meddai Dustin yn bendant. 'Cred
ti fi.'

Daeth cnoc ar y drws, a cherddodd plismones ifanc i mewn.
Yn ei llaw roedd rycsac Sgwid a thrwydded ymwelydd. Estynnodd
y ddau iddo.

'Wnewch chi edrych yn y rycsac a chadarnhau bod popeth yn
dal yno?' gofynnodd.

Edrychodd Sgwid. Roedd ei waled yn saff, a'i ddillad, ei
fag molchi, y tortsh, a hyd yn oed pêl yr Eco-Gecko. Yr unig beth
ar goll oedd y darn teilsen, ond roedd hwnnw, mae'n debyg, yng
ngofal y criw lan stâr.

'Ydy, mae popeth yma, diolch,' meddai, ond ar ôl i'r blismones fynd allan, dangosodd y bêl i Dustin. Roedd twll bach ynddi. Yn amlwg roedd yr heddlu wedi bod yn ei harchwilio a'i phrofi.

'Rhaid bod popeth yn iawn, neu fyddet ti ddim wedi 'i chael hi'n ôl,' meddai Dustin.

'Whiw!' meddai Sgwid. 'O'n i'n dechrau poeni. Chi'n gwbod sut mae teithwyr mewn gwledydd tramor weithiau'n cael pecynnau i'w cario adre gan ffrindiau? Wedyn maen nhw'n cael eu harestio am fod cyffuriau yn y pecynnau heb yn wybod iddyn nhw? O'n i'n ofni bod rhywbeth fel'ny wedi digwydd.'

'Druan â ti, Gwyd bach,' meddai Dustin. 'Rwyt ti wedi cael diwrnod a hanner. Ac rwyt ti wedi ymdopi'n dda. Wyt wir! Ychydig iawn o bobl fyddai wedi sylweddoli arwyddocâd y deilsen yna, nac wedi gwneud cymaint o ymdrech i ddod â hi i'n sylw ni. Unwaith y bydd yr Arlywydd wedi mynd adre'n ddiogel, dwi'n gobeithio y cei di wobr.'

'O, 'sdim eisiau,' meddai Sgwid yn swil.

Ar y llaw arall, meddyliodd, wrth ddilyn Dustin i'r coridor, petaen nhw'n cynnig tocynnau i'r Crucible, fyddwn i ddim yn gwrthod.

Cerddodd Sgwid a Dustin heibio i stafell yn llawn o ddynion yn gwylio lluniau'r camerâu cylch-cyfyng oedd yn dangos pob twll a chornel o faes awyr Ludfield. Wedyn fe gamon nhw drwy ddrws dwbl i gyntedd yr orsaf. Yno roedd Andrews ac un dyn arall yn sefyll ger un o'r gatiau tocynnau ac yn trafod yn ddwys. Tawelodd y ddau wrth i Dustin a Sgwid nesáu.

'Rŷn ni'n dau ar ein ffordd i *Friendship*,' meddai Dustin. 'Er falle yr awn ni am dro bach o gwmpas y safle'n gynta. Be ti'n feddwl, Gwydion?'

'Iawn!' meddai Sgwid yn eiddgar.

'Mae'r prif adeilad ar gau, syr,' atebodd Andrews. 'Hefyd ga i ofyn i chi beidio â cherdded ar draws y llwybr glanio?'

'Wrth gwrs.'

'A pheidio â brysio, nac ymddwyn yn gynhyrfus.'

'Siŵr iawn.'

'Mae'r cŵn a'r handlwyr ar bigau'r drain o achos y brotest fuodd yma. Dydyn ni ddim eisiau i unrhyw beth fynd o'i le.'

'Falle byddai'n well i ni fynd yn syth i *Friendship* felly,' meddai Dustin.

'Na, na. Mae'n iawn, syr,' meddai Andrews yn frysiog. 'Mae pawb yn eich nabod chi ta beth. Dim ond mae'n rhaid i fi eich rhybuddio'n swyddogol. Ewch chi.'

'Diolch.'

Dangosodd Dustin ei drwydded, a thynnodd Andrews beiriant tebyg i gamera bach o'i boced. Pwyntiodd y camera at Dustin ac yna at y drwydded.

'Mae llun fy llygad dde yn y llinellau ar y drwydded,' esboniodd Dustin, 'ac mae'r peiriant sy gan Mr Andrews yn cymharu'r llun â'r llygad.'

Pwyntiodd Andrews ei gamera at Sgwid, ac yna at ei drwydded.

'Popeth yn iawn,' meddai ac amneidio ar blismon i agor y drws.

Ar ôl gadael y cyntedd cynnes, disglair, teimlai'r awel yn llaith ar foch Sgwid. Roedd arogl tarmac yn yr awyr, a rhyw lonyddwch rhyfedd yn gorwedd dros y lle. Doedd dim i'w glywed ond sŵn traed pwyllog, ambell chwyrniad, ambell gyfarthiad, a sŵn cadwynau'n ysgwyd, fel pe bai pawb a phopeth yn dal eu gwynt. Gan fod cymylau llwyd yn cyhwfan uwchben fel clustogau tewion, roedd y lampau'n cynnau o un i un o gwmpas y maes.

Yn ei got ddu roedd adeilad *Friendship* wedi toddi i'r cysgodion. Gyferbyn ag e disgleiriai twˆr rheoli'r maes awyr fel UFO enfawr. Doedd neb i'w weld yn y twˆr rheoli, ond safai rhes o silwetau duon y tu mewn i ffenestri'r prif adeilad, mor llonydd â cherfluniau.

'Am deimlad od,' meddai Dustin.

'Ie,' cytunodd Sgwid. Teimlad bygythiol hyd yn oed.

'Bydd y lle'n fwrlwm gwyllt fory, wrth gwrs.'

'Bydd,' meddai Sgwid. Pawb yn gwenu'n llon wrth groesawu'r Arlywydd. Gorau po gynta' y byddai fory'n dod – ac yn mynd.

Wedyn fe allai fynd adre gyda'i fam a'i dad i Bencelyn a chael gêm o snwcer.

Croesodd Dustin yr hewl gyda Sgwid wrth ei gwt. Y tu draw i'r ffens weiren gref, roedd tri o hofrenyddion duon yr heddlu'n swatio mewn rhes. Pwysai peilot ar un.

'Noswaith dda.' Cododd ei law ar Dustin a suodd ei lais yn ysgafn drwy'r ffens. 'Ddim yn gweithio heno, Dr Starr?'

'Ddim heno,' meddai Dustin.

'Noson o gwsg am unwaith.' Gwenodd y dyn a'i ddannedd yn disgleirio'n wyn dan olau lamp. 'Rydych chi'n Superman, Dr Starr. Neu'n gwdihŵ. Pob lwc i chi fory, ta beth.'

'Lwc?' atebodd Dustin, a'i lais 'run mor ysgafn. 'Gobeithio na fydd angen lwc. Mae lwc yn golygu diffyg cynllunio.'

'Chi'n iawn. "Hwyl" ddylwn i fod wedi 'i ddweud, nid "lwc". Pob hwyl, Dr Starr.'

'Diolch.'

Roedd hi fel gwrando ar deledu a'r sŵn yn rhy isel, meddyliodd Sgwid. Pawb yn mwmian. Tua dau gan metr i ffwrdd roedd criw o bobl yn dod rownd cornel y prif adeilad a'u lleisiau'n undonog fel si gwenyn.

Cerddodd Sgwid a Dustin ar hyd ymyl y ffens, a'r lampau'n sugno'u cysgodion. Yn ei ddillad duon, edrychai Dustin ei hun fel cysgod, heblaw am gefndir gwyn llachar ei dei. Tawelodd y criw wrth y prif adeilad a throi i edrych arnyn nhw.

'Pan fyddwn ni rhwng y lampau, dim ond y tei maen nhw'n gallu 'i weld,' sibrydodd Dustin. 'Felly maen nhw'n meddwl bod 'na ryw UFO gwyn yn hedfan drwy'r awyr ar ei ben ei hun. Dere. Gwell i ni frysio, neu fe fyddan nhw wedi galw'r SAS.'

Brysiodd Sgwid, gyda phêl yr Eco-Gecko'n sboncio yn y rycsac ar ei gefn. Cyn pen dim roedd y criw dynion wedi adnabod Dustin ac wedi mynd i mewn drwy ddrws cefn yr adeilad.

Aeth Dustin a Sgwid at y drws ffrynt. 'Dod i sbecian drwy'r ffenestri ydyn ni,' meddai Dustin wrth y milwyr oedd yn gwarchod.

'Popeth yn iawn, syr,' meddai'r capten. 'Mae'n ddrwg gen i na allwch chi fynd i mewn heno, ond cymerwch sbec beth bynnag.'

Camodd i'r naill ochr a gadael i Dustin a Sgwid sefyll o flaen y drysau clo.

'Waw!' meddai Sgwid.

Doedd e erioed wedi gweld adeilad tebyg ar unrhyw faes awyr. Carped coch. Blodau ym mhobman. Baneri Rwsia a Phrydain Fawr yn hongian ochr yn ochr ar bolion lliw aur. Popeth yn sgleinio a dim ond un awyren ar y rhestr ar y wal.

Ehediad   Amser cyrraedd

R1   02.08

'Ydy awyren yr Arlywydd yn mynd i gyrraedd am wyth munud wedi dau yn y bore?' gofynnodd Sgwid yn syn.

'Ydy,' meddai Dustin. 'Mae'r Arlywydd newydd fod yn Japan, ti'n gweld, a hedfan o fan'ny mae e. Ond paid â phoeni. Mae gyda fe wely ar yr awyren, ac fe fydd e'n cysgu'n ddigon hapus, gobeithio, tan amser brecwast.'

Waw! Peth od oedd bod yn arlywydd, meddyliodd Sgwid, gan syllu drwy'r gwydr. Rhywbeth tebyg i actio mewn drama. Ar ei gyfer roedd yr adeilad wedi cael ei addurno fel set ffilm. Yn crwydro o amgylch yr adeilad roedd pob math o bobl na fyddech chi fel arfer yn eu gweld. Nid teithwyr, ond milwyr, plismyn, pwysigion a … Daliodd Sgwid ei anadl. Roedd dyn â chroen brown a gwallt slic newydd gerdded heibio i'r baneri.

''Co fe!' crawciodd.

'Be?' Neidiodd Dustin.

'Y dyn sy wedi bod yn fy nilyn i!'

'Ble?'

'Ar bwys y baneri draw fan'na. 'Co fe!' gwaeddodd Sgwid, a'i lais yn ffrwydro'n erbyn y gwydr. 'Mae e'n mynd o'r golwg. Glou!'

Cydiodd Sgwid yn handlen y drws a thrio'i dynnu ar agor, ond roedd y drws ar glo. Trodd pawb i edrych. Dechreuodd cŵn anesmwytho. Dechreuodd yr heddlu anelu am Sgwid, a'r tu allan i'r adeilad symudodd y milwyr gam yn nes.

'Syr,' gorchmynnodd y capten 'Chewch chi ddim mynd …'

'Ydych chi wedi cael fideo-ffit gan Andrews?' gwaeddodd Dustin ar ei draws.

'Ydyn.'

'Mae fy ffrind newydd weld y dyn sy ar y fideo-ffit y tu mewn i'r adeilad!'

Cynhyrfodd y capten. Siaradodd yn frysiog i'w ffôn. 'Caewch yr adeilad. Peidiwch â gadael neb allan. Chwiliwch y safle.'

Ar wasgiad botwm roedd maes awyr Ludfield yn fôr o symud. Dynion yn amgylchynu'r adeilad. Tryciau'n chwyrnellu. Lleisiau dynion a chŵn yn cyfarth. Cydiodd Dustin ym mraich Sgwid.

'Sefwch yn ôl, syr!' gwaeddodd y capten. ''Nôl! 'Nôl! 'Nôl! Ewch 'nôl i'r orsaf.'

'Dere!' Gwthiodd Dustin Sgwid o'i flaen, ond wrth i'r ddau ddechrau rhedeg, gwibiodd jîp trydan tuag atyn nhw gydag Andrews wrth y llyw.

'Neidiwch i mewn,' gwaeddodd Andrews, a bron cyn iddyn nhw ddisgyn i'w seddau, fe drodd y jîp mewn hanner cylch a gyrru'r chwarter milltir i'r orsaf. 'Richards!' gwaeddodd ar y milwr ifanc oedd yn sefyll wrth y drws agored. 'Gofalwch am Dr Starr a Gwydion. Ewch â nhw draw i *Friendship*.'

'Syr!' Saliwtiodd Richards.

Neidiodd Andrews o'r car, a dechrau 'i heglu hi'n ôl tuag at y prif adeilad. Cymerodd Richards ei le a thanio'r injan. Dros ei ysgwydd, gwelodd Sgwid lu o gysgodion yn gwau drwy'i gilydd, a chlywed gweiddi aflafar, fel petai disgo enfawr yn cael ei gynnal ar y maes awyr.

Suddodd yn ôl i'w sedd a gwylio'r sgrin blastig ddu oedd yn gorchuddio *Friendship* yn codi fel clogwyn o'i flaen. Ar y sgrin roedd adlewyrchiad yr olygfa islaw. Roedd hi'n edrych fel golygfa allan o *Star Wars* – goleuadau'n fflachio, cysgodion yn byrlymu, a ffenestri'r twr rheoli'n hofran uwchben.

Neidiodd Dustin o'r jîp, ac arwain Sgwid ar hyd ochr dde'r adeilad. Roedd *Friendship* fel bocs bisgedi'n sefyll ar ei ochr, a'r sgrin fel clawr – clawr braidd yn fawr oedd yn gadael digon o le i bobl weithio y tu ôl iddo. Treiddiai golau pinc pŵl ar hyd ymyl y sgrin a glynu wrth wynebau'r plismyn oedd yn gwarchod yr adeilad.

Anelodd Dustin a Sgwid am y drws cefn cadarn. Agorwyd e

gan un o'r gwarchodlu, a brysion nhw ar hyd coridor glân, heibio i gegin fawr lle'r oedd milwr yn paratoi coffi wrth un o'r cownteri disglair.

'Noswaith dda, Dr Starr,' galwodd yn llon. 'Fydd dim angen coffi arnoch chi heno, debyg?'

'Na, dim coffi heno,' chwarddodd Dustin.

'Wps!' Roedd y milwr wedi sarnu diferyn o ddŵr ar y cownter. Sychodd e'n gyflym â'i lawes. 'Os gadawa i lanast, fe ga i stŵr,' meddai. 'Mae'r cogyddion yn mynd i weithio drwy'r nos fel chi. Mi fyddan nhw yma mewn chwinc.'

Erbyn iddo orffen siarad a rhwbio, roedd Dustin a Sgwid wedi mynd heibio'r grisiau ym mhen draw'r coridor.

'Os oeddet ti eisiau coffi, Gwydion, paid â gofidio,' meddai Dustin. 'Mae gyda ni gegin ar y llofft. Dere. Mae'r lifft draw fan hyn. Awn ni lan yn y lifft am unwaith.'

Roedd y lifft yn esmwyth, ond roedd calon Sgwid yn dyrnu a'i nerfau'n dynn. Be oedd yn digwydd ar y maes awyr? Oedden nhw wedi dal y dyn?

Cyn gynted ag yr agorodd Dustin ddrws ei fflat, aeth Sgwid i edrych drwy'r ffenest ochr. Ar yr helipad islaw safai hofrennydd Dustin, a goleuadau a chysgodion yn llifo ar hyd ei ochrau sgleiniog, ond er gwasgu'i drwyn yn erbyn y gwydr, allai e ddim gweld y maes awyr. Yn sydyn disgleiriodd golau llachar yn ei lygaid. Roedd chwiloleuadau wedi dechrau sgubo dros *Friendship*. Ciliodd Sgwid yn ei ôl a rhwbio'i lygaid.

'Gwydion?' Roedd Dustin wedi mynd yn syth at y cyfrifiadur ar y ddesg. Aeth Sgwid draw ato. Gwibiodd bysedd Dustin dros yr allweddellau a neidiodd llun fideo-ffit o ddyn ar y sgrin.

'Rwyt ti'n siŵr mai hwn welest ti, wyt ti?'

'Ym mhle?' meddai Sgwid yn syn.

Trodd Dustin i edrych arno. 'Hwn oedd y fideo-ffit wnest ti gyda George, ife?'

'Nage,' meddai Sgwid. 'Mae e'n edrych ychydig bach yn debyg, ond...'

'Nid hwnna yw e? Ti'n siŵr?'

'Siŵr.'

Cipiodd Dustin ei ffôn o'i boced a dyrnu'r botymau. 'Yma ar unwaith!' meddai'n chwyrn.

O fewn ychydig eiliadau daeth cnoc ar y drws, a brysiodd plismon i mewn.

'Syr?'

'Ble mae'r fideo-ffit diwetha gawsoch chi gan Andrews?' cyfarthodd Dustin.

Cipiodd y milwr ffôn o boced ei grys a dangos y llun, yr union lun oedd ar y cyfrifiadur.

'Diolch,' meddai Dustin. 'Gallwch chi fynd nawr.' Ar ôl i'r drws gau, syllodd ar Sgwid a'i lygaid yn fflam. 'O'n i'n methu deall sut oedd y dyn wedi mynd i mewn i'r adeilad heb i neb ei nabod,' sibrydodd. 'Ond ti'n deall be sy wedi digwydd, yn dwyt? Mae rhywun wedi rhyddhau'r fideo-ffit anghywir. Mae gan dy ddyn di ffrind yn Ludfield. *Friends in high places*, Gwydion!'

20

Teimlodd Sgwid don o chwys yn ffrwydro o'i groen. Roedd pethau gymaint yn fwy cymhleth nag a freuddwydiodd e erioed. Ac yn fwy peryglus. Roedd Dustin wedi cynhyrfu, a'i fysedd yn clecian ar ras dros allweddell y cyfrifiadur.

Petai e ond wedi mynd â'r deilsen yn syth at Dustin yn y lle cynta.

Ond roedd y deilsen yn sôn am *Angel Wings*, a doedd 'na ddim *Angel Wings* yn Ludfield.

Neidiodd copi o ffurflen ar sgrin y cyfrifiadur, ffurflen drwydded debyg i'r un roedd Andrews wedi'i llenwi ar ei gyfer e. Yng nghornel y ffurflen roedd llun George, yr arbenigwr fideo-ffit.

'Chi'n meddwl mai ar George mae'r bai?' mentrodd Sgwid.

'O bosib,' mwmialodd Dustin.

'Roedd yr heddlu'n mynd i drio cael gafael ar Elma Holborn a'r merched o Estonia, a gofyn iddyn nhw roi disgrifiad hefyd. Falle mai dyna pam mae fideo-ffit y plismyn yn edrych yn wahanol i fy un i.'

Trodd Dustin at Sgwid a'i lygaid yn fain. 'Ti'n meddwl mai'r merched sy wedi twyllo felly?'

'Wel, nid yn bwrpasol,' meddai Sgwid yn lletchwith. 'Falle'u bod nhw wedi cofio'n wahanol.'

'Ti'n iawn.' Nodiodd Dustin yn feddylgar a phwyso'n ôl yn erbyn ei ddesg.

Syllodd Sgwid ar y patrwm tei ar ei frest, patrwm o sêr gwyn uwchben y bocs du oedd yn cynrychioli *Friendship*. Edrychai'r tei fel rhan o glogyn dewin. A pham lai? Roedd Dustin yn ddewin! Yn ystod y pedair blynedd ers sefydlu *Stardust*, roedd e wedi rhoi Pencelyn ar y map, a gwneud enw iddo'i hun. Allai e ddim methu nawr, allai e?

Cododd Sgwid ei ben. Roedd Dustin yn ei wylio, ac roedd 'na olwg graff a phenderfynol yn ei lygaid.

'Wnei di ffafr â fi, Gwydion?' gofynnodd.

'Wrth gwrs.'

'Dwi'n mynd i gael gair ag Andrews. Wn i ddim a alla i ei drystio, ond mae'n rhaid trystio rhywun. Wnei di edrych drwy'r ffeil 'ma i fi?' Gwasgodd ei fys ar saeth a sgrolio'n ôl i gychwyn y ffeil oedd yn cynnwys llun George. *Persons with Authorised Access to Ludfield Site A-Z*. 'Os oedd y dyn ar y maes awyr, yna mae'n rhaid bod ganddo fe drwydded. Edrych i weld a alli di ffeindio'i ffurflen e, wnei di?'

Nodiodd Sgwid a disgyn i'r gadair.

'Dwi'n mynd i gloi'r drws, rhag ofn y cerddith rhywun i mewn a gweld y ffeil. Fe ges i gopi gan y bobl fuodd yn dy gyfweld di rownd y ford y prynhawn 'ma, ond does neb arall yn gwybod. Iawn?'

'Iawn,' meddai Sgwid, ond pan glywodd y drws yn cau y tu ôl iddo ac allwedd Dustin yn troi yn y clo, fe deimlodd y pwl lleia o banig. Iych! Roedd e wedi cael llond bol o fod dan glo. Gwasgodd ei ddannedd yn dynn.

Yn ymyl y cyfrifiadur roedd 'na ffenest oedd yn edrych dros iard gefn yr adeilad. Er gwaetha'r llenni trwchus, roedd synau'n treiddio i'r stafell – traed yn pystylad, lleisiau'n murmur, y drws cefn yn agor a chau – ac o gyfeiriad y maes awyr, rhu peiriannau ac ambell floedd. Roedd hi fel gwrando ar sŵn ffair o bell.

Anghofiodd Sgwid am y sŵn, a gorfodi'i hun i ganolbwyntio ar y sgrin o'i flaen. Lwcus bod ei nerfau'n dynn. Doedd dim peryg o gwympo i gysgu. Roedd 'na rai cannoedd o wynebau ar y ffeil, a doedd e ddim am siomi Dustin. Pwysodd ei fys ar saeth a gadael i un wyneb ar ôl y llall ddirwyn o'i flaen. Craffodd ar bob un i ddechrau, yna penderfynu gwibio dros y merched, dros y dynion gwallt golau, a rhoi sylw manwl i'r dynion â gwallt tywyll.

Roedd e wedi cyrraedd y llythyren 'N' heb lwc, pan glywodd grafiad wrth y drws. Symudodd ei fys oddi ar y saeth ac edrych dros ei ysgwydd, gan ddisgwyl gweld Dustin yn chwyrlïo i'r stafell. Clywodd grafiad bach eto. Roedd rhywun y tu allan. Pwy? Y dyn? Plismon? Rhywun yn trio torri i mewn? Neidiodd Sgwid ar ei draed.

Llithrodd darn o gerdyn gwyn o dan y drws.

Syllodd Sgwid arno, a'r gwaed yn rhuo drwy'i wythiennau. Symudodd o'r diwedd, gwibio fel llygoden dros y carped a chodi'r cerdyn.

Edrych ar batrwm y tei.

Yr un sgrifen ag a welodd e yn yr *Aldebaran*.

Anna! Roedd Anna Trevena yma yn Ludfield.

Estynnodd Sgwid at handlen y drws a rhoi plwc sydyn. Agorodd y drws ddim. Rhedodd diferion o chwys i lawr ei gefn.

Pam oedd Anna'n gofyn iddo edrych ar batrwm tei Dustin? Gwthiodd y cerdyn i'w boced. Fe gâi Dustin ei weld cyn gynted ag y dôi'n ôl.

Pam oedd Anna yma o gwbl?

Croesodd Sgwid at y cyfrifiadur a sgrolio'n gyflym i lawr y rhestr o bawb oedd â mynediad i'r safle. Gwibiodd i lawr i'r llythyren 'T', a chwilio am rywun o'r enw Trevena. Doedd 'na neb.

Ysgydwodd ei ben. Rhaid anghofio am Anna, a dal i chwilio am y dyn. Yn ôl ag e i'r llythyren 'N'. Sgroliodd drwy honno heb lwc, ac roedd e bron â chyrraedd diwedd y rhestr yn dechrau ag 'O', pan neidiodd enw oddi ar y sgrin.

Rona O'Sullivan.

Gwibiodd Sgwid yn ôl at yr enw a chraffu ar y llun yn ei ymyl. Anna! Er ei bod hi wedi lliwio'i gwallt yn olau, Anna oedd hi – yn bendant. Yn ôl y ffurflen, roedd 'Rona O'Sullivan' newydd gael ei chyflogi fel morwyn gegin yn *Friendship*, a byddai'n dechrau'i gwaith am hanner nos ar yr ail o Orffennaf.

Mewn llai nag awr! Dal i syllu ar ei oriawr, a'i ben yn berwi, oedd Sgwid, pan agorodd drws y fflat. Daeth Dustin i mewn ar ras ac anelu am y cyfrifiadur.

'Wyt ti wedi 'i ffeindio fe, Gwydion?'

'Na....'

'Pa mor bell wyt ti wedi mynd?' Pwysodd Dustin ei law ar ysgwydd Sgwid, ac ar unwaith teimlodd Sgwid sioc fach drydanol wrth i'r llaw dynhau. Syllodd ar adlewyrchiad Dustin ar y sgrin, a gweld bod ei lygaid yn llawn cyffro.

'Anna yw honna,' mwmianodd. 'Nid Rona O'Sullivan.' Ond doedd dim angen egluro. Roedd Dustin wedi nabod Anna.

'Go dda, ti!' meddai Dustin, a gwên yn lledu o glust i glust. 'Go dda am ei ffeindio hi! Ble mae hi'n gweithio? Yn y gegin? Dechrau am hanner nos? Fe fydd hi'n cyrraedd cyn bo hir felly. Mae Andrews wedi cael gafael ar dy fideo-ffit gwreiddiol di hefyd. Hwn yw e ife?' Gwthiodd ei ffôn symudol o dan drwyn Sgwid, a syllodd Sgwid ar y llun ar sgrin fach.

'Ie.'

'Ardder...' Canodd y ffôn yn groch, a gwasgodd Dustin y botwm ateb.

Atseiniodd llais Andrews drwy'r stafell. 'Andrews yma! Rydyn ni wedi 'i ddal e'n barod! Cyn gynted ag y gyrres i'r fideo-ffit cywir allan, fe ddalion ni fe. Roedd e ym maes parcio *Friendship*.'

'Ardderchog!' Cododd Dustin ei fawd ar Sgwid.

'Cyn i ni ddechrau ei holi, dwi am i Gwydion dystio mai hwn yw'r dyn iawn. Fe ddown ni draw i gefn *Friendship*. Allech chi ddod i lawr?'

'Dod i lawr?' meddai Dustin. 'Ydych chi'n meddwl ei bod hi'n syniad da i Gwydion gwrdd ag e wyneb yn wyneb?'

''Sdim ots 'da fi,' sibrydodd Sgwid yn daer, ond ysgydwodd Dustin ei ben.

'Beth am i Gwydion sefyll yn y ffenest?' meddai. 'Fe fydd e'n gallu gweld yn ddigon clir o fan'ny.'

'Iawn,' meddai'r plismon. 'Rhyw ddwy funud fyddwn ni.'

Cliciodd y ffôn.

'Gad i fi ddiffodd y golau cyn mynd draw at y ffenest,' meddai Dustin. Brysiodd at y switsh, a diffodd. Ar sgrin welw'r cyfrifiadur, syllodd llygaid disymud Anna Trevena ar y ddau'n sleifio y tu ôl i'r llenni.

Islaw disgleiriai golau llachar ar iard gefn *Friendship*, iard o deils hufennog, gyda photiau blodau hardd yma a thraw, a milwyr yn sefyll fel cerfluniau. O'r gornel chwith llifodd cwlwm o gysgodion prysur, anniddig.

'Staff y gegin yn cyrraedd,' sibrydodd Dustin. 'Dyw Anna ddim gyda nhw, ydy hi?'

'Na.'

Diflannodd staff y gegin, cleciodd y drws, ac yna bron yn syth roedd cysgodion eraill yn araf ymestyn dros y teils islaw. Daeth Andrews a dau filwr i'r golwg. Rhwng y ddau filwr safai dyn a'i wallt du'n sgleinio o dan y golau. Wedi i un o'r milwyr roi proc iddo, cododd y dyn ei ben i edrych ar y ffenest uwchben.

Am y trydydd tro o fewn dau ddiwrnod roedd Sgwid yn syllu i fyw llygaid y dyn yng ngardd drws nesa.

'Ife hwnna yw'r dyn iawn?' sibrydodd Dustin yn ei ymyl.

Cododd Sgwid ei fawd ar Andrews, a nodio.

21

'Wyt ti'n iawn, Gwydion?'

Roedd Sgwid wedi camu'n ôl drwy'r llenni a Dustin wedi brysio i ailgynnau'r golau.

'Ydw.' Anadlodd Sgwid yn grynedig. Y tu allan i'r ffenest roedd sŵn traed yn symud i ffwrdd.

'Dyw pwyntio bys at ddyn ddim yn brofiad pleserus. Ar y llaw arall, beth fyddai'r dyn yna wedi ei wneud, petai e'n dal yn rhydd?'

'Beth fyddai e wedi 'i wneud?' crawciodd Sgwid. 'Dwi ddim yn deall pwy yw e na beth mae e'n wneud. O'n i'n meddwl ar y dechrau mai trio dwyn cyfrinach *Angel Wings* oedd e.'

'Na, mae 'na bethau pwysicach na theils,' meddai Dustin yn ddwys. 'Dyfodol y byd. Y berthynas rhwng un wlad a'r llall. Trio newid hanes oedd e, mae'n siŵr. Beth bynnag, does dim eisiau i ti boeni. Rwyt ti wedi gwneud dy ran. Gad ti bopeth arall i Andrews a'i griw.'

'Beth am Anna?'

'Roeddet ti'n ffrindiau mawr ag Anna, yn doeddet?' Rhoddodd Dustin ei fraich ar ei ysgwydd.

'Wel, wnes i ddim ei nabod am hir…'

'Mae'n anodd iawn deall pobl, dim ots pa mor hir rwyt ti wedi 'u hadnabod.'

'Ydy,' sibrydodd Sgwid, a syllu i'r drych ar y wal o'i flaen. Yn y drych roedd Dustin yn gwenu arno'n galonnog. Ond pam oedd e wedi dweud celwydd wrth aelodau'r pwyllgor rai oriau'n ôl? Pam oedd e wedi dweud nad oedd e'n nabod Anna?

'Ta beth, paid â phoeni. Mae 'na ddiwrnod mawr o'n blaenau ni fory, ac mae'n bryd i ti fynd i dy wely.' Gollyngodd Dustin ei afael a throi i bwyntio at un o'r ddau ddrws mewnol. 'Mae'r stafell wely draw fan'na. Fe gei di honno i ti dy hun.'

'Beth amdanoch chi?' gofynnodd Sgwid.

'Fe orffwysa i ar y soffa, os bydd angen. Chysga i ddim llawer heno. Rhaid i fi wneud yn siŵr fod y trefniade'n iawn. Fe fydd newyddiadurwyr a ffotograffwyr wedi heidio yma erbyn bore, a dwi am wneud yn siŵr eu bod nhw'n cael sioe werth chweil.' Gwenodd Dustin yn flinedig. 'Wyt ti am rywbeth i'w fwyta?'

'Dim diolch.' Cododd Sgwid ei rycsac.

'Gwell i ti gael rhywbeth i'w yfed i dy helpu di i gysgu. Horlicks? Siocled poeth?'

'Siocled poeth, os gwelwch yn dda.'

'Iawn. Fe wna i e i ti. Cer di i dy stafell, a gwaedda pan wyt ti'n barod.'

Agorodd Dustin ddrws arall oedd yn arwain at gegin, oedd fawr mwy na maint cwpwrdd. Safodd yno, a gwylio nes i Sgwid fynd i'w stafell wely a chau'r drws ar ei ôl.

Sefyll wnaeth Sgwid hefyd. Sefyll fel delw ar ganol y llawr. Yn ei boced roedd cerdyn Anna. Pam doedd e ddim wedi dweud wrth Dustin amdano? Achos bod Dustin heb gyfaddef ei fod yn nabod Anna? Ond doedd dim disgwyl i Dustin rannu'i gyfrinachau i gyd â fe, yn enwedig os oedd dyfodol y byd yn y fantol. Dyfodol y byd yn y fantol? Dylai fod wedi dangos y cerdyn.

Trodd Sgwid yn wyllt, a rhoi'i law ar handlen y drws. Sadiodd ei hun. Dim iws rhedeg allan fel dyn gwyllt. Sgwariodd ei ysgwyddau ac anadlu'n ddwfn, cyn gwasgu'r handlen yn ara' bach.

Wrth gilagor y drws, clywodd sŵn tincian mỳg a llwy. Gwelodd symudiad yn y drych gyferbyn. Gweld llaw Dustin yn ymbalfalu yng nghefn cwpwrdd y gegin, yn gafael mewn potel fach frown, ac yn rhoi llwyaid o'i chynnwys yn y mỳg.

Yn boenus o ara', a'i ddwylo'n chwys, gwthiodd Sgwid y drws ynghau, gollwng yr handlen yn ôl i'w lle, a dianc i'r stafell molchi. Pwysodd dros y sinc a syllu ar wyneb gwelw gyda chroen tynn, crychau ar y talcen a llygaid gwyllt. Ife fe oedd e? Oedd e'n drysu?

'Ie, ti yw Sgwid Beynon,' sibrydodd wrth ei lun yn y drych. 'Ti yw Sgwid Beynon, mab Idris ac Anita, 4 Clos Cadwaladr, Pencelyn.' Roedd ei geg yn sych. Cododd wydr o'r silff a'i lenwi â dŵr. Drachtiodd y dŵr. Drachtiodd wydraid arall. O fewn pedair munud roedd e'n disgyn i'w wely gyda'i fag molchi'n dal yn ei law. 'Barod!' galwodd.

Daeth cnoc ar y drws, ac i mewn â Dustin gyda mygaid o siocled.

'Dyw e ddim yn rhy boeth, felly fe alli di ei yfed e'n syth.'

'Diolch.'

'Bydda i'n mynd lawr stâr ymhen ychydig funudau, ond os wyt ti eisiau rhywbeth wedi hynny, croeso i ti helpu dy hunan o'r gegin.'

'Diolch.' Cymerodd Sgwid y mỳg, a throchi'i wefusau yn y siocled. Roedd arogl y siocled yn foethus a phersawrus, mor foethus a phersawrus â choffi yr *Aldebaran*, lle'r anfonwyd e gan Dustin. Lle collodd e ei ffôn gyda llun Anna arno.

'Ydy e'n iawn i ti?' gofynnodd Dustin.

'Mmmmm!' meddai Sgwid, ac er bod ei geg yn wag, fe lyncodd yn swnllyd.

'Da iawn.' Gwenodd Dustin a chynnau golau'r lamp fach wrth y gwely. Diffoddodd y prif olau wrth fynd allan, a mynd i fwmian siarad ar y ffôn.

Ddeg munud yn ddiweddarach, fe gnociodd ar ddrws Sgwid. Dim ateb. Cerddodd Dustin i mewn ar flaenau'i draed, a mynd draw at y cwpwrdd dillad. Cleciodd bachau cotiau'n ddistaw bach wrth i Dustin afael mewn dilledyn. Yna yn ôl ag e at wely Sgwid. Cododd y mỳg gwag a diffodd y lamp. O fewn pum munud roedd e wedi gadael y fflat gan gloi'r drws ar ei ôl.

22

Yn y tywyllwch agorodd Sgwid ei lygaid. Clustfeiniodd am hir, cyn codi ar ei eistedd a gwrando ar bwm-bwm-bwm ei galon. Anadlodd mor araf ag y gallai. Gorfodi'i hun i bwyllo, ac estyn o'r diwedd am y bag molchi oedd yn gorwedd yn erbyn ei goes.

Fesul centimetr llithrodd Sgwid o'r gwely gan ddal y bag yn ofalus yn ei ddwy law. Cripiodd drwy'r tywyllwch i'r stafell molchi, agor y drws â'i benelin, ei gau'n dawel, rhoi'r bag yn y basn molchi a chynnau'r golau uwchben. Wedyn fe agorodd y bag molchi ac arllwys llond mỳg o siocled claear i lawr y sinc. Golchodd y diferyn ola o siocled oddi ar y basn, golchi'r bag a'i sychu.

Rhoddodd y bag ar y silff a chodi'i ben i edrych ar y bwgan gwelw yn y drych.

'Ydw i'n wallgo?' sibrydodd Sgwid.

'Ydw i'n wallgo?' sibrydodd y bwgan.

Dim ateb.

Agorodd Sgwid ddrws y stafell molchi. Tasgodd gwaywffon o olau dros lawr y stafell wely a glynu wrth droed y cwpwrdd dillad. Cripiodd Sgwid ar hyd-ddo ac agor drws y cwpwrdd. Ar y rheilen y tu mewn crynodd rhes o grysau fel rhes o ystlumod.

Symudodd Sgwid i'r naill ochr a gadael i olau'r stafell molchi ddisgyn ar y crysau. Ar unwaith neidiodd y patrymau du a gwyn i'r golwg. 'Edrych ar batrwm y tei' oedd neges y cerdyn. Ond pa batrwm? Roedd Dustin wedi cynllunio tei gwahanol ar gyfer pob diwrnod o'r wythnos oedd yn arwain at ymweliad yr Arlywydd. Golygfeydd gwahanol o awyr y nos uwchben y bocs du oedd yn cynrychioli *Friendship*. Islaw'r bocs, mewn rhifau mân, roedd dyddiad.

26.06
27.06
28.06
29.06
30.06

Yna dau fachyn gwag. Roedd Dustin yn gwisgo crys 1.07, ond ble oedd crys 2.07? Ai dyna beth oedd Dustin wedi 'i nôl o'r cwpwrdd, pan oedd Sgwid yn esgus cysgu? Os felly, ble oedd y crys nawr?

Brysiodd Sgwid ar flaenau'i draed at ddrws y stafell wely a'i gilagor. Roedd Dustin wedi diffodd y prif olau, gan adael dim ond lamp fach ar y bwrdd wrth y ffenest ochr. Gyferbyn â'r lamp roedd y cyfrifiadur yn dangos llun o awyr y nos a'i filoedd o sêr. Sleifiodd Sgwid drwy'r drws ac edrych am y crys. Doedd e ddim ar y celfi. Doedd e ddim y tu ôl i lenni'r ddwy ffenest. Doedd e ddim yn y gegin. Roedd Dustin wedi mynd ag e.

Ble oedd Dustin?

Rhedodd Sgwid i nôl ei ddillad a'u taflu amdano, wedyn fe blymiodd drwy lenni'r ffenest gefn a rhoi cnoc ar y gwydr. Ar unwaith camodd tri dyn o gysgod yr adeilad a syllu i fyny. Pwyntiodd Sgwid at y drws a gweiddi 'Gadewch fi allan!' Siaradodd un o'r milwyr i'r ffôn ar ei arddwrn, ac o fewn eiliadau roedd sŵn traed yn carlamu i lawr y coridor.

Ffrwydrodd drws y fflat ar agor, ac i mewn daeth Andrews.

'Be sy?'

'Ro'n i eisiau dod mas, ond roedd y drws ar glo, a ...'

'Be?'

Cododd ton o wres i fochau Sgwid. Roedd Andrews wedi agor y drws heb allwedd! Doedd y drws ddim ar glo. Ac eto roedd e wedi clywed yr allwedd yn troi, pan adawodd Dustin y fflat.

'Wyt ti'n iawn?' cyfarthodd Andrews. 'Ydy Dr Starr yn iawn?'

'Ydw,' galwodd llais o ben draw'r coridor. 'Be sy?'

'Gwydion alwodd ni.'

'Gwydion?'

Gafaelodd Sgwid yng nghefn cadair. Roedd e'n ysgwyd o'i ben i'w draed.

'Hunlle,' sibrydodd drwy'i ddannedd, pan ddaeth Dustin drwy'r drws.

'Druan â ti!' Brysiodd Dustin tuag ato a rhoi'i fraich am ei ysgwydd.

'Oes rhywbeth arbennig yn dy boeni di?' gofynnodd Andrews.

Ysgydwodd Sgwid ei ben. Beth allai e ddweud? Fod Dustin yn dweud celwydd? Pwy fyddai'n credu? O'i flaen siglodd tei Dustin. Tei 1.07, er ei bod hi wedi hanner nos.

'Eistedda i lawr,' meddai Dustin. 'Ddylwn i ddim fod wedi dy adael di ar dy ben dy hun. Fe ga i rywun i gadw cwmni i ti.'

'Na!' crawciodd Sgwid.

'Dim ond am ddwy awr,' meddai Dustin. 'Fe fydd yr awyren yn glanio ymhen dwy awr, wedyn fe ddo i'n ôl.'

''Sdim eisiau!' mynnodd Sgwid, ond roedd y ddau ddyn yn nodio'n awgrymog ar ei gilydd.

Gwibiodd llygaid Sgwid o un i'r llall. Ife cael ei warchod oedd e? Neu'n cael ei garcharu unwaith eto?

Eisteddodd i lawr ar y soffa. Roedd Andrews a Dustin wedi camu allan i'r coridor. Clywodd ragor o sŵn traed a sibrwd siarad. Y ddau ddyn yn ei drafod e, siŵr o fod. 'Druan o Gwydion. Mae e wedi cael amser caled, ac wedi drysu. Gofala amdano, bla, bla …'

Daeth Dustin yn ôl ato, a milwr ifanc chwilfrydig wrth ei gwt.

'Dyma Paul,' meddai Dustin. 'Mae e'n mynd i gadw cwmni i ti.'

Nodiodd Sgwid yn swrth.

'Dim ond am ryw awr a hanner. Mae'r Arlywydd yn hedfan dros Sgandinafia'r funud hon. Unwaith y bydd e wedi glanio, fe fydda i'n ôl. Iawn, Gwydion?'

'Iawn.'

'Trïa gysgu.'

'Fe wna i.'

Caeodd y drws. Gwrandawodd Sgwid. Chlywodd e ddim allwedd yn troi, dim ond sŵn traed yn ymbellhau.

Roedd Paul yn dal i sefyll.

'Eistedda lawr fan hyn,' meddai Sgwid, gan godi o'r soffa.

'Does dim eisiau i ti symud,' protestiodd Paul.

'Dwi'n mynd i wneud diod cyn mynd i'r gwely,' meddai Sgwid.

'Fe wna i un i ti.'

''Sdim eisiau. Mae'n well 'da fi wneud rhywbeth. Be ti'n moyn?'

'Oes coffi?'

'Siŵr o fod.'

'Oes, siŵr o fod, wir.' Chwarddodd Paul, ac eistedd. 'Mae Dr Starr bownd o fod yn yfed llond bwced o goffi bob nos i'w gadw fe ar ddihun. Mae e'n cadw llygad barcud ar y dynion sy'n gosod y teils. Mae e y tu ôl i'r sgrin 'na nos a dydd yn edrych ar eu gwaith nhw. 'Na foi yw e! Waw! 'Tawn i yn ei le, byddwn i'n crynu yn nhraed fy sanau.'

'Pam?' Roedd Sgwid yn chwilota drwy gwpwrdd y gegin. Roedd e wedi darganfod y coffi, y llaeth a'r siwgr, ond roedd un peth ar ôl.

'Wel, y sgrin. Dyw'r sgrin ddim wedi cael *test run* o gwbl ers dros fis. Mae hi i fod plygu'n ôl fel consertina, ond beth os bydd yr Arlywydd yn gwasgu'r botwm a'r blwmin peth yn pallu symud?'

'Embaras,' meddai Sgwid, a oedd wedi darganfod potel fach frown yng nghefn y cwpwrdd ac yn arllwys rhan o'i chynnwys i un o'r cwpanau.

'Ie,' meddai Paul yn llon. 'Er dyw Dr Starr ddim yn debyg o fethu, ydy e? Mae e'n casáu methu.'

'Siwgr?' galwodd Sgwid.

'Un llwyaid, plîs.'

''Co fe i ti.'

'Grêt.' Cododd Paul ei fawd i ddiolch i Sgwid am y coffi, a

lapiodd ei ddwylo am y mỳg. 'Ti'n nabod Dr Starr yn dda 'te.'

'Dad yn gweithio iddo fe,' meddai Sgwid gan eistedd ar y gadair gyferbyn.

Roedd e'n dal i eistedd yno, pan lithrodd y mỳg o law Paul. Aeth e â'r mỳg i'r gegin, ond wnaeth e ddim trafferthu'i olchi, dim ond brysio i'r stafell wely i newid.

Ddwy funud yn ddiweddarach drwy lygaid hanner-caeedig gwelodd Paul rywun mewn dillad du, a thei du a gwyn, yn dod tuag ato.

'Gwna dy hun yn gyfforddus,' meddai'r person hwnnw'n fwyn, gan helpu Paul i dynnu'i siaced, ac yna codi 'i draed ar y soffa.

'Diolch, Doc …,' sibrydodd y plismon wrth i'w ên ddisgyn ar ei frest.

'Nos da, Paul,' sibrydodd Sgwid, gan wisgo'r siaced.

Yna fe agorodd y drws, ac allan ag e i'r coridor.

23

Tynnodd Sgwid ffôn Paul o'i boced. Plygodd ei ben dros y teclyn, ac esgus gwrando er mwyn cuddio'i wyneb. Os oedd Dustin ac Andrews yn meddwl ei fod e wedi drysu, roedden nhw'n anghywir.

Roedd ei feddwl yn hollol glir.

Ac effro.

Nid fel Paul.

Roedd Paul yn cysgu, am ei fod e, Sgwid, wedi rhoi llwyaid o hylif o'r botel fach frown yn ei goffi. Yr union hylif roddodd Dustin yn ei siocled e.

Pam?

Fyddai e ddim yn gwybod nes ffeindio Dustin, ac i wneud hynny roedd rhaid gadael yr adeilad a mynd y tu ôl i'r sgrin, lle'r oedd Dustin yn gweithio nos a dydd yn ôl Paul. Brysiodd Sgwid ar hyd coridor tawel, heibio i res o ddrysau caeedig, heibio i'r lifft. O ben y grisiau clywodd furmur lleisiau a chlecian llestri. Feiddiai e ddim mynd i lawr, rhag ofn i'r plismyn wrth y drws alw Andrews. Ym mhen pella'r coridor trodd i'r dde ac anelu am ffrynt yr adeilad, gan obeithio mynd allan y ffordd honno.

Roedd drws tân hanner ffordd i lawr y coridor. Wrth nesáu, clywodd Sgwid leisiau'n grwnan. Roedd rhywrai y tu ôl i'r drws. Plismyn yn gwarchod? Trodd a brysio'n ôl at y grisiau.

Newydd droi'r gornel oedd e, pan agorodd y lifft, a chamodd

gwraig ganol oed mewn oferôl cegin ar draws ei lwybr.

'O, y merched ifanc 'ma!' meddai wrth Sgwid yn llawn ffwdan. 'Allwch chi ddim dibynnu arnyn nhw!'

'Druan â chi,' meddai Sgwid, a throi am y grisiau. Rhedodd yn ysgafn i fyny i'r ail lawr, lle'r oedd rhywrai'n gwrando ar deledu, ac yna i'r llawr uchaf.

Fan hyn, ar y trydydd llawr roedd y carped yn deneuach, y golau'n wannach, y drysau'n fwy niferus a'r tawelwch yn llethol. I'r chwith roedd allanfa dân, ond doedd 'na ddim drws oedd yn cysylltu â ffrynt yr adeilad. Trodd Sgwid i'r dde, brysio heibio i'r lifft ac anelu am ben draw'r coridor.

Rowndiodd y gornel, a bron â baglu mewn braw. Roedd cysgod tal yn swatio mewn cilfach yn y wal chwith. Rhewodd Sgwid. Rhewodd y cysgod hefyd. Carped oedd e! Diolch byth, dim ond rholyn o garped. Roedd y gilfach yn llawn o offer gweithwyr – dau bolyn pren ar gyfer hongian llenni, rholiau o bapur wal a thuniau mawr o baent – ac yn y nenfwd uwchben roedd drws trap oedd yn arwain i'r atig.

Tybed a oedd ffordd allan i ffrynt yr adeilad drwy'r atig? Gwthiodd Sgwid ei ffôn i'w boced, a dringo ar ben dau dun o baent. Agorodd y drws trap, a chydag un plwc, fe swingiodd drwyddo, a glanio ar ei bedwar.

Drwy fwlch yn y duwch o'i flaen llifai tonnau o olau. Roedd 'na wal yn rhannu'r atig yn ddau, a thrwy'r drws oedd yn cysylltu'r ddau hanner disgleiriai pelydrau'r chwiloleuadau oedd yn amgylchynu Friendship. Cripiodd Sgwid tuag ato. Cripian a gwrando.

Doedd dim sŵn o gwbl, dim ond sŵn ei anadlu. Arafodd wrth y drws, a gwthio'i ben drwyddo.

'A!' Yn sydyn roedd breichiau Sgwid wedi rhoi oddi tano. Disgynnodd yn ei hyd, ac yna neidio'n ôl ar ei eistedd a swatio'n erbyn y wal. Yn y cysgodion uwch ei ben winciai patrwm tei.

'D...Dustin?'

Na, nid Dustin. Dim ond crys du yn hongian ar fachyn. Wrth i Sgwid godi ar ei draed, sgubodd pelydryn o olau drwy'r ffenest yn y to a disgyn ar y tei. Ar unwaith fflachiodd llun erchyll, gwynias, o flaen llygaid Sgwid. Llun awyren gydag R1 ar ei thrwyn yn plymio drwy fflamau siâp angylion tuag at y dyddiad 2.07.

R1 207.

R1….

'Dustin!' sibrydodd Sgwid a'i geg yn sych. Yna: 'DUSTIN!' sgrechiodd.

Ble oedd Dustin? Baglodd Sgwid yn ei flaen a tharo yn erbyn rhaff oedd yn hongian o'r ffenest yn y to. Gafaelodd ynddi a dringo at y ffenest agored.

Uwchben to *Friendship* roedd pelydrau'r chwiloleuadau'n ffurfio triongl symudol. Oddi tano codai'r to'n raddol, fel pen o wallt tonnog, o'r wal gefn tuag at dop y wal ffrynt. Yn cau am y wal ffrynt roedd y sgrin fawr gyda striped o olau pinc, pŵl ar hyd ei hymylon. Yn symud o fewn y golau roedd cysgod du.

Wrth i Sgwid dynnu'i hun drwy'r ffenest a glanio ar ei fol, daeth fflach o olau llachar claerwyn o gyfeiriad y cysgod du. Ar unwaith gwibiodd hanner dwsin o bili-palod i lawr y to. *Angel Wings*. Roedden nhw yma yn Ludfield wedi'r cyfan. Yn cuddio y tu ôl i'r sgrin fawr, a neb yn gwybod ond Dustin. Pawb arall yn meddwl mai *Mood Music* oedd ar y wal, ond roedd Dustin wedi eu cyfnewid am *Angel Wings*. Doedd yr hologramau ddim yn gweithio o dan y golau pinc, ond pan fyddai awyren R1 yn paratoi i lanio ar Ludfield a holl oleuadau'r maes awyr yn disgleirio, roedd Dustin yn mynd i agor y sgrin. Os oedd neges y tei'n gywir, roedd y pili-palod yn mynd i neidio o'r wal, a dal i neidio a neidio yn y golau llachar nes drysu peiriannau rheoli'r awyren a gwneud iddi blymio i'r llawr.

Edrychodd Sgwid ar ei oriawr. 1.44. Byddai'r awyren yn glanio mewn llai na hanner awr. Roedd ganddo hanner awr i'w hachub.

Cododd Sgwid ar ei bennau-gliniau a chipio ffôn Paul o'i boced. Welodd e mo'r cysgod du yn sleifio allan o dan y sgrin. Erbyn i ronyn bach o sment daro yn erbyn ei fraich, roedd Dustin yn llithro ar ras tuag ato.

'Ti eto!' chwyrnodd, gan anelu'i ddwrn at Sgwid. 'Ti a dy

sguthan o fam gelwyddog. Wel, un hwb fach a lawr â ti.'

Teimlodd Sgwid awel ar ei foch. Teimlodd y to'n llithro oddi tano. Teimlodd y ffôn yn neidio o'i afael.

'Gwydion!' Roedd y dwrn wedi stopio. 'Gwydion, ti sy 'na!' meddai Dustin yn syn. Symudodd yn nes, a gwasgodd Sgwid ei fysedd i'r rhychau yn y to rhag ofn cael ei wthio. Ond roedd gwên chwareus yn lledu dros wyneb Dustin.

'Wel, wel, Gwydion Beynon!' grwnodd. 'Alla i ddim dy dwyllo di, alla i? Rwyt ti'n rhy glyfar. Ro'n i'n gwybod dy fod ti'n glyfar. Dyna pam o'n i eisiau i ti gysgu.'

'Dustin,' sibrydodd Sgwid. '*Angel Wings* sy ar wal flaen *Friendship*, ontife?'

'Wrth gwrs.'

'A maen nhw'n mynd i ddifetha awyren yr Arlywydd!'

'Ti'n meddwl?' Cododd Dustin un ael. 'Dyw'r Arlywydd ddim yn credu mewn angylion, cofia. Dyw e ddim yn credu yn nheils *Stardust* chwaith. Wyddet ti ei fod e wedi gwrthod eu mewnforio i Rwsia?'

'Ife dyna pam…?'

'Ife dyna pam dwi'n mynd i'w ladd e? Na. Er, pam lai?' Chwarddodd Dustin a symud yn sydyn tuag at y ffenest yn y to. 'Na. O achos rhyddid. Rhyddid i'm gwlad, Wcráin, ac i bob gwlad fach sy'n cael ei bygwth gan Rwsia. Rhyddid i'r byd rannu'r olew a'r nwy sy yn Siberia. Wyddet ti fod Rwsia wedi cau'r pibellau nwy a gadael pobl Wcráin heb wres yng nghanol gaeaf. Rhyddid…'

'Ond fydd 'na ddim rhyddid!' meddai Sgwid. 'Dim ond terfysg a rhyfel. Dustin!'

Yn chwim fel cath roedd Dustin wedi sboncio drwy'r ffenest. Plannodd Sgwid ei bennau-gliniau yn y to a lansio'i hun tuag ato. Caeodd y ffenest ar ei fysedd ac, wrth i'r boen suo drwy'i gorff, clywodd lais Dustin yn hisian.

'Paid â thrio gweiddi am help, Gwydion. Mae nerfau pawb yn dynn. Fe saethan nhw di heb feddwl ddwywaith. Nawr gorwedd i lawr a mwynhau'r sioe. Fydd hi ddim yn hir. Saith munud wedi dau, ar ddau dim saith. Twt, ynte?'

Agorodd y ffenest fymryn yn lletach, gwthio llaw Sgwid o'r ffordd a chau. Taflodd Sgwid ei hun dros y ffenest a'i dyrnu. Oddi tano gwelodd dei yn symud drwy'r tywyllwch, tei gyda llun awyren yn disgyn mewn fflamau amryliw, a'r rhifau dau dim saith.

Diflannodd y tei.

Diflannodd Dustin.

24

Deg munud i ddau yn y bore.

Yn nhŵr rheoli Ludfield roedd rhes o bobl yn gwylio dot bach yn prysur nesáu ar y sgrin. Islaw roedd goleuadau'r llwybr glanio'n wincian, a cherbydau'n grwnan wrth i garfan newydd o filwyr a heddlu ddod i gymryd lle'r rhai oedd yno'n barod.

Ar do *Friendship* roedd Sgwid yn tynnu'i siaced, yn llithro i lawr y to. Lluchiodd y siaced dros yr ymyl. O'r patio daeth bloedd a sŵn traed yn rhuthro. Cyn pen chwinc roedd rhes o filwyr yn syllu ar y to a'u gynnau'n barod. 'Saethu heb feddwl ddwywaith' – dyna ddwedodd Dustin.

Cysgododd Sgwid ei wyneb, a dal ei dir. O dan ei ên roedd crys Dustin yn disgleirio, y crys gipiodd e o'r cwpwrdd hanner awr ynghynt. Roedd e wedi gwisgo'r crys, er mwyn twyllo pobl mai fe oedd Dustin Starr a chael rhwydd hynt i grwydro o gwmpas y safle. Ond doedd e ddim wedi meddwl eu twyllo fel hyn chwaith.

'Dr Starr!' gwaeddodd lleisiau. 'Mae Dr Starr ar y to!'

'Help!' gwaeddodd Sgwid.

'Fe fyddwn ni gyda chi nawr, Dr Starr! Peidiwch â phoeni.'

Roedd y chwiloleuadau'n creu llwybr ar draws y to. Cripiodd Sgwid ar hyd y llwybr golau nes cyrraedd y ffenest. Bron cyn iddo gael ei wynt roedd goleuadau'n llifo drwy'r atig islaw. Drwy'r gwydr gwelodd Sgwid wyneb Andrews. Agorodd llygaid hwnnw led y pen pan welodd e Sgwid yn edrych i lawr arno.

Dringodd milwr ifanc lan y rhaff ac agor y ffenest. Dringodd allan ar y to, a gadael i Sgwid gymryd ei le.

'Ble mae Dr Starr?' cyfarthodd Andrews cyn gynted ag y cyffyrddodd traed Sgwid â'r llawr. 'Pam wyt ti'n gwisgo'i grys e?'

'Mae Dr Starr yn mynd i ddymchwel yr awyren,' crawciodd Sgwid. 'Rhaid i chi ei stopio fe.'

'Be?' Roedd Andrews yn dal i syllu'n ddrwgdybus ar y crys-T.

'Crys-T 30.06 yw hwn,' llefodd Sgwid. 'Ar grys-T 2.07 mae llun awyren yn disgyn mewn fflamau. R1 mewn perygl am 2.07. Dyna beth oedd ar y deilsen ffeindies i. Ac *Angel Wings* yw'r teils ar du blaen *Friendship*, nid *Mood Music*. Pan fydd y sgrin yn agor, bydd y pili-palod yn drysu'r peiriannau…'

'Fe stopiwn ni'r Arlywydd rhag agor y sgrin,' meddai Andrews ar unwaith.

'Ond nid yr Arlywydd sy'n mynd i'w hagor hi,' meddai Sgwid. 'Dustin ei hunan. Ymhen chwarter awr. Saith munud wedi dau. Dau dim saith.'

Syllodd Andrews arno am un eiliad yn hwy, yna troi a chyfarth ar y milwyr y tu ôl iddo. 'Ellis, cer di a dy ddynion i ddatgysylltu'r botwm sy'n agor y sgrin. Milton, cer di a dy ddynion i chwilio am Dustin Starr.'

O fewn dwy eiliad roedd yr atig yn wag a llif o ddynion yn gwasgaru ar hyd y grisiau a'r coridorau. Anelu am fflat Dustin wnaeth Andrews gyda Sgwid yn dynn wrth ei gynffon. Yn y fflat roedd Paul yn dal i gysgu'n sownd. Chwiliodd Andrews drwy'r stafelloedd am Dustin.

Wrth iddo daflu drws y cwpwrdd dillad ar agor, gwaeddodd llais yn ei glust.

'Be?' gwaeddodd yn ôl. 'Be? Dyw'r botwm ddim wedi ei gysylltu i'r sgrin? Sut mae'n agor 'te?'

Doedd y milwr y pen arall ddim yn gwybod.

'Rhaid stopio'r sgrin rhag agor ar bob cyfri!' gwaeddodd Andrews. 'A hysbysu'r tŵr rheoli. Dwi ar fy ffordd.'

Cyn i sŵn traed Andrews ddistewi, clywodd Sgwid ru o'r tu allan. Rhedodd at y ffenest a gweld hofrennydd Dustin yn neidio i'r awyr fel *jump jet*. Roedd Dustin yn mynd i agor y sgrin o'r hofrennydd.

Dau o'r gloch. Saith munud i fynd. Roedd *Friendship* a'r tir o'i amgylch yn ferw gwyllt. Clychau injans tân yn sgrechian. Andrews yn amlwg yn meddwl y byddai ffrydiau o ddŵr yn ddigon i atal effaith *Angel Wings*. Ond roedd yr hologramau'n gallu codi drwy ddŵr. Roedd Sgwid wedi'u gweld.

Roedd angen rhywbeth cryfach na dŵr.

Pêl!

Ar y soffa roedd Paul yn breuddwydio'i fod e'n gwylio rasys ceffylau yn Ascot. Roedd e'n clywed sŵn carlamu gwyllt, yn teimlo'r llawr yn ysgwyd o dan ei draed, a phan agorodd ei lygaid, gwelodd rywbeth du yn gwibio heibio. Rhwbiodd ei lygaid, ond ddaeth yr un ceffyl arall.

Aeth yn ôl i gysgu, ond roedd Sgwid yn dal i redeg. Lan y grisiau i'r trydydd llawr, ac i'r gilfach. Roedd ysgol yn arwain i'r drws trap erbyn hyn, a milwr yn ei gwarchod.

'Dwi'n mynd lan!' chwyrnodd Sgwid.

Roedd y milwr yn amlwg yn ei nabod, achos ddwedodd e ddim gair, dim ond gwylio Sgwid yn gafael yn un o'r polion cyrtens ac yn gwibio lan yr ysgol.

Roedd 'na ysgol arall yn yr atig yn arwain at y ffenest agored yn y to. Dringodd Sgwid i fyny. Roedd dynion ar y to, yn cydio yn y sgrin, yn trio bachu'r ddau hanner yn ei gilydd, a lleisiau'n gweiddi arnyn nhw.

'Symudwch o'r ffordd! Mae'n rhy beryglus i chi lan fan'na. Symudwch o'r ffordd. Mae'r injans tân yn dod.'

Roedd Sgwid wedi disgyn ar ei bennau-gliniau tua dau fetr o'r sgrin, ac yn union gyferbyn â'i chanol. O'i flaen roedd pêl, ac yn ei ddwylo roedd polyn. Clywodd y dynion eraill yn llithro heibio, eu hanadlu trwm, ac yna tawelwch. Pawb yn disgwyl.

Yn y tawelwch roedd sŵn awyren yn rhuo, yn anelu am *Friendship*. Nawr roedd ei chysgod yn llenwi'r awyr. O'r cwrt islaw cododd ffrydiau o ddŵr.

Ar oriawr Sgwid roedd hi'n 2.06.

2.07!

Daeth sŵn clician y sgrin fawr yn agor.

Ar yr union eiliad symudodd braich dde Sgwid. Trawodd polyn yn erbyn pêl a thasgodd y bêl i'r awyr.

Wrth i'r bêl hedfan, neidiodd miloedd o bili-palod o wal flaen *Friendship*. Yn lle gwasgaru dros y lle, fe wibion nhw lan at y bêl a glynu wrthi fel cynffon o dân. Ffrwydrodd y bêl, a'i gronynnau'n hongian fel gwe anweledig yn yr awyr. Yn y we daliwyd y pili-palod. A'r tu ôl i'r we, funud yn ddiweddarach, bron heb i neb sylwi, fe laniodd awyren R1 yn ddiogel ar faes awyr Ludfield.

Bron ar yr union eiliad fe ddisgynnodd hofrennydd a ffrwydro yn y coed ryw filltir i ffwrdd.

25

Yn ei wely ar fwrdd yr R1 deffrodd yr Arlywydd. Drwy lygaid cysglyd syllodd drwy'r ffenest a gweld cwmwl o bili-palod yn hofran yn yr awyr ac yna'n toddi. Breuddwyd, siŵr o fod. Roedd yr Arlywydd wedi ymweld â phum gwlad mewn pedwar diwrnod, ac ymhen ychydig oriau roedd disgwyl iddo agor sgrin o flaen rhyw adeilad. Sylwodd e ddim fod y sgrin honno eisoes ar agor, a llen niwlog yn hongian yn yr awyr o'i blaen. Caeodd yr Arlywydd ei lygaid, a mynd yn ôl i gysgu.

Doedd Sgwid ddim yn cysgu. Roedd e'n llithro'n ôl drwy ffenest yr atig. O bob cwr o'r to roedd llygaid yn ei wylio yn llawn parch ac edmygedd, yn union fel petai e'n Ronnie O'Sullivan, ond wnaeth Sgwid ddim sylwi.

Iawn, roedd e wedi potio pêl yr Eco-Gecko ac wedi achub awyren yr Arlywydd. Ond roedd e hefyd wedi tynnu sylw Dustin at Anna Trevena. Ar y to roedd Dustin wedi synnu gweld Sgwid, ac wedi 'i gamgymryd am rywun. Am bwy? Am Anna? Ble oedd Anna?

Rhuthrodd Sgwid ar hyd y coridorau, i lawr y grisiau ac i mewn i'r gegin.

'Hei!' Yn sefyll o flaen llond troli o lestri disglair roedd y ddynes flin welodd e'n dod allan o'r lifft.

'Rona O'Sullivan,' crawciodd Sgwid. 'Ble mae hi?'

'Rona O'Sullivan?' Trodd wyneb y fenyw o goch i biws. 'Ble mae hi? Dwed ti! Pan weli di hi, dwed wrthi ei bod hi wedi cael y sac a…' Agorodd llygaid y fenyw led y pen, a syllu dros ysgwydd Sgwid.

'Sgwid-o!' meddai llais.

Trodd Sgwid. O'i flaen safai Anna, ac er bod ei hwyneb fel y galchen, ac olion rhwymau am ei cheg ac am ei harddyrnau, roedd hi'n gwenu.

'Ann…' Tagodd Sgwid.

Yn ymyl Anna safai dyn â chroen brown, gwallt slic.

'Sgwid,' meddai Anna'n gyflym. 'Paid â dychryn. Dad yw hwn. Mae e newydd fy rhyddhau i a…'

Torrodd llais Andrews ar ei thraws. Roedd Andrews wedi dod i mewn fel corwynt. 'Dewch gyda fi, os gwelwch chi'n dda!' galwodd, a sgubo Gwydion ac Anna a'r dyn allan o'r gegin a draw at y grisiau. Wrth redeg lan y grisiau, gwelodd Sgwid ei adlewyrchiad yn y ffenest gefn, ac yn dilyn wrth ei ysgwydd, y dyn â'i fraich am Anna.

Newydd gyrraedd top y grisiau oedden nhw, pan agorodd drws fflat Dustin ym mhen draw'n coridor. Daeth Paul allan yn simsan rhwng dau blismon.

'Nid ei fai e oedd e,' meddai Sgwid yn frysiog.

'Dwi'n gwybod!' Amneidiodd Andrews ar bawb i sefyll yn llonydd. Cyn gynted ag i'r tri dyn fynd i mewn i'r lifft, fe arweiniodd y ffordd i fflat Dustin, a chau'r drws ar eu holau.

'Mae'n ddrwg gen i'ch trin chi mor swta,' meddai. 'Wedi'r cyfan rydych chi'ch tri wedi gwneud gwaith arbennig.'

Tri? Llygadodd Sgwid dad Anna. Estynnodd hwnnw ei law. 'Toni Santos,' meddai gyda gwên fawr. 'Falch i gwrdd â ti, Gwydion. Falch i gwrdd â ti go iawn.'

Gwasgodd Sgwid y llaw. Ond ble oedd ei dad e? A'i fam? Trodd at Andrews. 'Doedd Mam a Dad ddim yn .yr *Aldebaran*, oedden nhw? Roedd Dustin yn dweud celwydd! Ble maen nhw?'

'Paid â phoeni!' meddai Andrews. 'Rydyn ni'n chwilio amdanyn nhw, ac mae gyda ni syniad da ble i edrych. Fe ddwedodd Dr Starr wrth y papurau newydd ei fod e'n cadw teils *Angel Wings* dan glo. Wel, yn amlwg doedd hynny ddim yn wir. Roedd teils *Angel Wings* yma yn Ludfield heb yn wybod i neb. Felly, gyda lwc, fe ffeindiwn ni rywbeth mwy gwerthfawr yn seler un o'i stordai. Fe gei di wybod cyn gynted ag y bydd newyddion.'

'Diolch.' Llyfodd Sgwid ei wefusau sych.

'Na, diolch i ti, Gwydion,' meddai Andrews. 'Rwyt ti wedi gwneud gwaith anhygoel o ddewr a dyfeisgar heno. Rwyt ti'n arwr…'

'Fyddai hyd yn oed Ronnie O'Sullivan ddim wedi gallu gwneud beth wnest ti, Sgwid,' meddai Anna.

'Ac fel arfer byddai dy lun di ar dudalen flaen pob papur newydd,' ychwanegodd Andrews.

'Fel arfer?' gofynnodd Sgwid.

'Ond mae'n rhaid i ni gadw pethau mor dawel ag y gallwn ni,' meddai Andrews yn ofalus. 'Wiw i neb wybod ein bod ni wedi osgoi trasiedi o drwch blewyn. Wnâi hynny ddim lles o gwbl i'n perthynas ni a Rwsia. Ti'n deall?'

Nodiodd Sgwid yn araf.

'Wnâi hi ddim lles i neb wybod ein bod ni wedi rhoi cymaint o ffydd mewn dyn mor beryglus â Dustin Starr.'

'Ble mae Dustin?' gofynnodd Sgwid.

Gyda'i law ar ysgwydd Sgwid, rhoddodd Andrews blwc i lenni'r ffenest ochr a dangos y fflamau'n codi o'r coed filltir i ffwrdd. Fflamau coch, fflamau melyn, a dim un ar ffurf angel.

26

Wyth o'r gloch ar fore'r ail o Orffennaf.

Er gwaetha'r cymylau duon yn yr awyr, roedd croeso gwresog i Arlywydd Rwsia ar faes awyr Ludfield. Ond er syndod i'r newyddiadurwyr gafodd ganiatâd i fynd ar y safle ben bore, roedd sgrin fawr *Friendship* ar agor.

'Pam mae hi ar agor? Be sy wedi mynd o'i le?' Fuodd dim pall ar yr holi nes i gar yr Arlywydd sefyll o flaen *Friendship*. Daeth y Prif Weinidog i'w gwrdd a'i wahodd i wasgu botwm y llifolau oedd yn sefyll o flaen yr adeilad. Bryd hynny anghofiwyd pob cecru a gofid. Wrth i'r llifolau daro wal flaen *Friendship*, neidiodd miloedd o bili-palod i'r awyr.

'Waw!' sibrydodd pawb.

Am olygfa i'w chofio. Golygfa unwaith ac am byth, achos roedd tanceri'n llawn o baent eisoes ar eu ffordd i Ludfield. Erbyn drannoeth byddai'r *Angel Wings* wedi diflannu dan got o baent.

Drwy'r cyffro i gyd fe gysgodd Sgwid fel twrch. Chlywodd e mo drws y fflat yn agor. Chlywodd e mo'r lleisiau. Chlywodd e mo'r cnocio ysgafn ar ddrws y stafell wely, na gweld y drws yn cilagor. A phan ddeffrodd o'r diwedd, wnaeth e ddim byd ond gorwedd yn y golau llwydaidd, a'i feddwl yn tician yn araf o fewn ei gorff swrth.

Cyn iddo fynd i'w wely, roedd Anna wedi dweud … Be oedd hi wedi'i ddweud? Mai Magi, ei mam, oedd wedi dyfeisio *Angel Wings* – mewn ffurf ychydig yn wahanol, ac o dan enw gwahanol.

Roedd hi wedi dangos y ddyfais i Dustin ddwy flynedd yn ôl a Dustin wedi'i wfftio. Wrth ddarllen am *Angel Wings* yn y papur, roedd hi wedi dechrau drwgdybio bod Dustin wedi dwyn ei dyfais, ac wedi dod i Bencelyn i drio cael cadarnhad.

Doedd Dustin ddim yn fodlon ei gweld, ond un prynhawn Mawrth roedd hi wedi gwthio'i ffordd i mewn i'r ffatri. Dim ond Ben Evans, y rheolwr, a Dustin oedd yno. Roedd Ben wedi clywed y sgwrs rhwng Magi a Dustin, a'r bore drannoeth, wrth i Anna gychwyn i'r ysgol, roedd parsel wedi dod i Magi oddi wrth Ben a darn o deilsen ynddo.

'Wnes i ddim cael cyfle i edrych ar y deilsen yn iawn, achos roeddet ti, Sgwid, yn disgwyl amdana i wrth y gât,' meddai Anna. 'Wedyn, ganol bore yn yr ysgol, fe ffeindies i neges ar fy ffôn oddi wrth Mam: "Ben wedi marw. Dustin tu allan. Cer at Dad ar unwaith." Trïais i ffonio Mam yn ôl. Dim ateb. Dyna pam y penderfynes i ddwyn dy ddillad di, a dianc o'r ysgol ganol prynhawn.'

Caeodd Sgwid ei lygaid yn dynn. Fyddai e erioed wedi breuddwydio gwneud be wnaeth Anna. Fe fyddai e, Sgwid, wedi mynd yn syth at yr heddlu. Ond roedd Anna Santos Trevena wedi ymddwyn fel rhyw Lara Croft. Tybed pam? A phwy yn union oedd ei thad, Toni Santos? Tra oedd Sgwid yn esgus cysgu yn ei wely, roedd Anna wedi cael ei charcharu gan Dustin yn un o'r stafelloedd ar yr ail lawr. Toni Santos gafodd afael ynddi a'i rhyddhau, meddai hi, ond sut hynny, ac yntau i fod yn nwylo Andrews?

Andrews? Agorodd Sgwid ei lygaid ac edrych ar ei oriawr. Roedd hi'n hanner awr wedi deg! Ble oedd Andrews? Oedd 'na newyddion? Rhoddodd naid o'i wely, ac wrth i'w draed gyffwrdd â'r llawr, daeth cnoc ar y drws.

'Ie?' Clywodd leisiau y tu allan, a dal ei wynt.

Agorodd y drws. Daeth dau wyneb i'r golwg. Roedd Sgwid yn barod amdanyn nhw.

'Hei, dydych chi ddim ffit i edrych ar ôl eich hunain, hen bobol!' galwodd gyda gwên fawr. 'Y tro nesa, chi'ch dau fydd yn gorfod aros gartre gyda Mam-gu.'

27

'Blyb! Blyb!'

Am chwarter wedi canol dydd roedd Sgwid yn sefyll yn ymyl yr Eco-Gecko yn Neuadd SuperNova.

'Blyb! Blyb!' meddai'r Eco-Gecko.

'Yn hollol,' meddai Sgwid.

Roedd yr Arlywydd wedi gwneud ei araith, roedd y sioe ar agor, ond er bod yr Eco-Gecko yn haeddu canmoliaeth uchel, doedd neb wedi talu sylw iddi – na sibrwd wrthi sut oedd ei phêl wedi achub y dydd – ond Sgwid. Roedd pawb arall yn y neuadd wedi tyrru fel morgrug o gwmpas stondin *Stardust*, lle'r oedd Idris Beynon a Magi Trevena'n paratoi i ddadorchuddio'r lwmpyn gwyn.

Doedd dim un rhaglen newyddion wedi sôn am y ddamwain hofrennydd, felly roedd y dorf fawr yn wên o glust i glust, a ffans Dustin Starr yn gyffro i gyd.

Ymhlith y dorf roedd Hele, Liisi a Reta,

Elma Holborn,

Andrews,

Anna a Toni Santos,

Mam.

Ochneidiodd Sgwid.

'Blyb?' meddai'r Eco-Gecko.

'Wyt ti'n gofyn i fi be sy'n bod?' gofynnodd Sgwid.

'Blyb!' cadarnhaodd yr Eco-Gecko.

'Yn anffodus, alla i ddim dweud,' sibrydodd Sgwid.

Roedd Andrews wedi dweud wrtho am beidio dweud gair, yn doedd? Ac wedi rhoi'r un rhybudd i'r merched o Estonia ac Elma, mae'n siŵr, achos doedd yr un ohonyn nhw wedi cyfeirio at y fideo-ffit, nac wedi dychryn wrth weld Toni Santos, dim ond gwenu'n ffals.

Heb y gallu i siarad a thrafod, roedd popeth yn afreal, fel breuddwyd.

Beth wyddai Sgwid go iawn? Fod Magi wedi cael ei chipio gan Dustin dair wythnos yn ôl ar flaen gwn, ac wedi cael ei charcharu yn yr un seler â Mam a Dad. Dyna i gyd. Ond roedd cymaint o gwestiynau eraill yn cronni yn ei ben. Pam oedd Dustin wedi carcharu Mam a Dad ddau ddiwrnod ar ôl iddyn nhw gyrraedd y brifddinas? Be oedden nhw'n wybod, Dad yn arbennig? Sut oedd Ben Evans, rheolwr *Stardust*, wedi marw mor sydyn ar ôl anfon y darn o deilsen at Magi? A'r diwrnod hwnnw pan glywodd Sgwid ei dad yn sôn am yr hologram yn codi, ai siarad ar y ffôn oedd e go iawn, neu siarad â Magi yng ngardd drws nesa?

'Ti'n gwbod be, Eco-Gecko,' sibrydodd Sgwid. 'Pan o'n i'n saith oed, fe ddwedodd Joe wrtha i mai twyll oedd Siôn Corn. Dwi'n cofio'r sioc yn glir. A'r siom am fod Mam a Dad wedi gwneud ffŵl ohona i. Nawr mae gen i'r teimlad cas fod rhywbeth tebyg yn mynd i ddigwydd eto. Ydyn nhw'n perthyn i MI5? Be ti'n feddwl, Eco?'

'Blyb!' meddai'r Eco-Gecko'n gyffrous. Ond nid ateb Sgwid oedd hi. Roedd hi'n edrych ar stondin *Stardust*.

Cododd Sgwid ei ben mewn pryd i weld 'angel' plastig gwyn yn chwyrlïo i'r awyr, ac ugeiniau o bili-palod yn dawnsio wrth ei gwt.

Cododd ei fawd ar Anna oedd yn chwifio'i llaw arno.

Chwifiodd ar ei fam.

Gwrandawodd ar y curo dwylo a'r bonllefau.

Gwelodd law Andrews yn codi at ei glust.

Ond chlywodd e mo'r llais oedd yn siarad drwy'r ffôn chwaith.

'Wedi archwilio hofrennydd Dr Starr,' meddai'r llais yng nghlust Andrews. 'Dim corff. Dim neb ar ei bwrdd.'

Na, chlywodd Sgwid ddim byd, ac wrth gwrs ddwedodd Andrews ddim gair wrtho.

Haws gadael i Sgwid fynd yn ôl i freuddwydio
am snwcer,
am ennill Pencampwriaeth y Byd,
ac am guro Ronnie O'Sullivan,
…os gallai.